JN215487

丸瀬浩玄【著】
Kougen Maruse

僕の装備は最強だけど自由過ぎる

My armour is the strongest ,
but has too much freedom...

レヴィ
千年前の英雄が
使っていた『剣』。
お転婆で大雑把な性格。
クラウド
鉱山で働くレベル4の
平凡な少年。
属性魔法の適性は
『なし』。
クイ
魔瘴の森にいた『弓』。
非常に食い意地が
張っている。
主な
登場人物

ラム
ハンターギルドの受付嬢。
一見冷たい態度なのだが、
実は……
セバス
レヴィと同じ英雄の
持ち物だった『腕輪』であり、
気が利く“執事”。
イジス
レヴィたちと同じくS級
迷宮に封印されていた『盾』。
妙に堅苦しい。

◆魔剣の少女◆

僕――クラウドは今、薄暗い石造りの廊下にいる。正確には、廊下の石組みの一部に人ひとり隠れられる隙間があり、そこで息を潜めていた。

五分も経たずに、僕のすぐそばを、とんでもない大きさの竜のような魔物が通っていく。

天井に届かんばかりの巨体。そんな巨体を支える異常に発達した後肢。それとは逆に酷く頼りなく見える小さな前肢も、鋭い爪が自己主張をしていた。ゴツゴツした蜥蜴のような表皮を持ったそいつは、僕を丸呑みするのに充分な大きな顎門を持ち、ダガーのごとき尖った牙を無数に並べている。たぶんあれは、恐竜と呼ばれる亜竜の一種だ。

ひと目で上位の存在と分かる魔物だ。

魔物は恐怖と緊張で固まる僕に、全く気が付く様子もなく目の前を通りすぎ、やがて角を曲がって姿を消した。

はあ、とりあえず助かった……のかな。

緊張から解放され、大きくため息を吐き、僕はその場で座り込んだ。

僕はおそらく、迷宮にいる。

ほんの一時間前まで、鉱山で採掘作業をしていたのに……

このユーレイディア大陸には、東西南北に盟主と呼ばれる大国と、大陸中央に支配権を持つ三つの大国の、合わせて七つの大国が存在していた。もちろんこの七大国以外にも三十以上の国々があるが、そのほとんどがこの七大国の庇護（ひご）のもと、かろうじて存在を許されているにすぎない。

僕が住んでいたのは、ユーレイディア大陸北部に版図を広げる大国ブリンテルト王国の東部にある小さな町。そこで貧しいながらもそれなりに幸せに暮らしていたのだが、僕が十歳のとき、両親が隣町からの馬車での帰り道に、魔物の襲撃に遭（あ）い、あっさり命を落としてしまった。

ここは魔物が跋扈（ばっこ）する世界、その程度の話は決して珍しくない。大人になるまでに親を失うのは、僕に限ったことではない。だから、そういった孤児を養う施設も充実しているわけで、孤児になった僕も、そんな孤児院の一つで生活することになった。

孤児となって五年、もうすぐ十六歳を迎えようとしていたある日、僕は仕事探しを始めた。

ブリンテルト王国では、十六歳から大人として扱われるため、十六歳になった孤児は問答無用で孤児院を出て独り立ちしなければならないからだ。

北の盟主と呼ばれる大陸屈指の大国のくせに、孤児相手にケチじゃないか、とは当時何度も思ったものだ。

それはさておき、僕が最初に考えたのは、ハンターと呼ばれる魔物退治を生業（なりわい）とした仕事だった。

だが、僕には適性がある魔法属性がなく、戦闘に向いていないと言われ、泣く泣く諦めた。憧れの仕事だったのに……

そこで新たに見つけたのが、重労働だが比較的わりのいい、鉱山での採掘の仕事だった。

今思えば、これが間違いの始まりだったと思う。

採掘の仕事を始めて一ヶ月が過ぎた頃だ。

仕事にもやっと慣れ、大変だが国を支える立派な仕事にやり甲斐を感じるようになり、この仕事を一生のものにしてもいいかな、とようやく思いはじめていた矢先――

それは突然起きた。

一般的に次元歪みと呼ばれる現象。高濃度の魔素溜まりにごく稀に起こる空間の歪み。その現象が、僕が作業をしていた場所に突然起こったのだ。

そして不幸にも僕だけが、その歪みに吸い込まれた……

気づくと僕は、この石造りの廊下に倒れていた。

廊下は大人が両手を広げて三人並んで歩けるほど広い。天井までは廊下の幅よりもさらにあるように見える。また、壁も床も四角く切り出した石を均一に組み合わせた、しっかりした造りだった。

さっきまで坑道でツルハシを片手に穴を掘っていたはずなのに、僕はなぜこんなところにいるんだろう？

　ことのときはまだ僕は何が起こったのか全く分からず、しばらく茫然と座り込んでいた。だがしばらくすると、廊下の奥の方から何かがこちらに近づいてくる気配に気が付き、廊下の隙間に隠れたのだ……


　魔物がいなくなった廊下を見回す。

　やっぱりここって迷宮だよな。光源もないのに廊下がなぜかうっすらと明るい。これって迷宮の特徴だもんな。

　どの程度のランクの迷宮かは分からないけど、最低ランクの迷宮ですら、少なくともレベル三十はないと生きて帰るのが難しいらしい。

　ちなみにレベルとは、〝格〟のようなもので、生き物である限り、人間だろうが魔物だろうが全ての者にレベルが存在する。そして、レベルが上がれば上がるほど能力が高くなる。パワーもスピードも体力も魔力も、全てだ。

　あらゆることがレベルで決まるわけではないが、生物の強さを表すのに一番分かりやすい指標なのは確かだった。

　で、僕のレベルだが、なんと四だ。最後に教会で調べてもらったのが五日前だから、おそらく変わっていないと思う。まあ、今までの人生で魔物と戦うようなことは一度もなかったのだから、仕方ないだろう。

そんなレベル四の僕が今、ランクは分からないが迷宮の中にいる。たった一人、武器どころか防具もなしの丸腰で。しかも、食料もないというおまけ付きである。

まさに、限りなく脱出不可能と言っていい状況に、僕は置かれていたのだ。


どうしよう。とりあえず隠れながら出口まで行けるかな？

ダメだ、その前に出口が分からない。この時点ですでに終わっている気がする。

迷宮に来てから一時間。コソコソ身を隠しつつ探索しても、手掛かりになるものが全く見つからないし、見つかりそうにもない。

途中何度も魔物を見かけたけれど、どれも歴戦のハンターでさえ歯が立たないレベルの化物に見える。いや、実際レベル四の僕からしたら、攻撃を受けた時点で即死確定だろうけど。

もう、泣きたい。

でもここまでは、見つからずに移動できている。僕って意外と隠れる才能でもあるのかも……なんて思っていたときもありました。

とある曲がり角、慎重に覗(のぞ)いたはずが、僕はそいつと目が合ってしまった。

大蛇！　いや大大大蛇だ!!

それは、樹齢百年を超える大木のような大きさの超巨大な漆黒(しっこく)の蛇だった。

その大蛇は、僕が覗(のぞ)くことを最初から分かっていたかのように、こちらをじっと見ていた。ゾッとするほど冷たい光を放つ金色の目で。

あれはダメだ！　もうマジ死ぬかも。とにかく逃げなきゃ!!

僕は来た道を必死に走る。

音を立てず慎重に、とかそんなことを考える余裕もなく、石畳をふみ鳴らして駆け抜ける。

後ろからすごい勢いで、何かを引きずるような音が近づいてくる。

前方に、僕が通ってきた脇道が見えた。素直に曲がるとついてきそうなので、飛び込むようにその脇道に入った——すると、直後に大蛇が通過していく……

危なかった!!　今のは本当に危なかった！　もう喰われる寸前だった。でもどうにか生き延びた。

……って、ダメだ、安心している場合じゃない。すぐに逃げないと！

すぐさま起き上がり走りはじめるが、またすぐにあの何かを引きずる嫌な音が近づいてくる。

これはさすがにダメかも。僕の人生もうここで終了ですか？　まだ十六歳なのに……。神様早くないですか？　僕、何か悪いことしましたか？

「いやだあァァ！　死にたくないよおォォォ!!」

もう恥も外聞もない、というかそれどころではない。泣き叫(さけ)んで猛然と逃げる。

と、そこに曲がり角が見えてきた。

あっ！　確かあそこは!!

うまくやればなんとかなるか？　いや、考えている時間はない。一か八か、もう行くしかない!!

僕は必死に走り、角を右に曲がる。大蛇も勢いをそのまま同じく角を曲がろうとする。そして僕は曲がり終えた瞬間、左に思いっきりジャンプした。

その刹那(せつな)、響き渡るすさまじい激突音。

「うぎゃッ!!」

無理矢理方向転換した僕は、体勢を崩して転倒、床にしたたかに体を打ちつけた。

体中が痛い。でも、思った以上にうまくいった。

ここは、僕が先ほど通った道。だから覚えていた。廊下を右に曲がってすぐに、また道が左に折れていることを。それを知らなかったであろう大蛇は、曲がってすぐ目の前に現れた壁をかわしきれず、勢いがついたまま激突したのだ。

殺(や)ったか？　……と思ったとき、大蛇の金色の目が僕を再び捉える。

あ、ダメだ！　まだ生きている。ここから早く逃げないと！

再びその場から急いで逃げ出した。


やってしまった……

次の角を曲がったとき、僕は自分の不運を呪った。いやまあ、こんなところに飛ばされた時点で充分に不運なんだけど……

今、僕の目の前には壁がある。いわゆる袋小路というやつだ。もう完全に逃げ道はない。

大蛇はもうそれに気づいているのか、もしくはまだ激突のダメージが残っているのか、ゆっくりこちらに近づいている。

どうしよう……

はあ、これはもうどうしようもないか……

いくら何でも、この状況であの大蛇から逃げるのは無理だ。

「さすがに、終わった……な」

僕はうな垂れ、そのまま奥の壁にもたれかかった。

そのときだった——右足がガコッという音とともに沈み、壁が僕の体ごと後ろに倒れていく。

「なな、なに!?」

次の瞬間、僕はさっきまでいた廊下とは、全く違う雰囲気の廊下に倒れていた。

そこは、真っ白な一枚岩の大理石で造られたようなところだった。明るさも、今までとは比べ物にならないくらいに明るい。まるで日当たりの良い神殿のようだ。

後ろを振り向くと、僕が来たはずのそこは、周りと同じように白い石壁があるだけだった。そしてその壁の向こうからは、蛇が出す「シャー」という独特な威嚇音が聞こえる。

「隠し扉か？」

迷宮には、このような仕掛けがよくあると聞いたことがある。たぶんこれもその一つなんだろう。

どうやら僕は運良くそんな隠し扉を動かして助かったらしい。

安心したら全身から力が抜け、立ち上がれなくなった。

しかたなくそのまま座って周辺を確認すると、廊下の突き当たりに白金に輝く扉があることに気が付いた。

決して大きな扉ではないが、美しく輝く白金色のそれは、周りの白い壁と調和して、なんとも神秘的な雰囲気を醸し出している。

迷宮を守るモンスターがいるという守護者部屋ってことはないかな……

どうするか悩みながら後ろの壁に注意を向けると、いまだに大蛇が蠢く音がする。

「はあ、やっぱり、行くしかないのかな……」

少し休憩して時間を置いてみたが、状況が改善される気配はない。なんで大蛇はいつまでも壁の向こうにいるんだろう?

ということで、やむを得ず僕はおそるおそる奥の扉に向かうことにした。

扉は見た感じ人間サイズだった。華美な意匠は施されていないが、重厚でどことなく高級感が溢れている。

扉に到着した僕は、扉に耳を当てて中の様子を窺ってみる。

特に変な音は聞こえてこない。というか、こんな立派な扉じゃ、耳を当てたくらいで中の音が聞こえるわけないか。

よし、ここでこうしていても始まらない。

僕は勇気を振り絞って、扉を少し開けてみた。

扉はその重厚な造りに反して、なんの抵抗もなく開いていく。

一つ深呼吸をし、少し開いた隙間から中を覗いた。

扉の奥は、家一軒がすっぽり入ってしまいそうな広さの、白一色で統一された四角い部屋だった。

中央には、直径五メートルほどで腰高の円形の台座が据えつけられている。

僕はその台座の中央にあるものに、思わず目を奪われた。

円形の台座の中心に突き刺さる、白く輝く一振りの美しい剣。

それが、僕とこの剣との出会いだった――

◇　◇　◇

「おー、剣だ！　剣がある！　これでやっと丸腰から抜け出せる！」

と勢い込んで言ってみたものの、剣なんてまともに振ったことがないから、持っても使いこなせないだろうな……。まあ、それでもないよりはマシだと思う。

僕は剣に近づく。

円形の台座には、剣を中心に魔法陣のようなものが描かれていた。おそるおそる台座に触るが、特に反応はない。というか魔力すら感じない。これはいったい何？

台座に上った僕は、剣の前に立つ。

「しかし、なんて綺麗な剣なんだろう……」

僕は思わず感嘆の声を漏らした。

その剣は長さは百三十センチほどのいわゆるバスタードソードと呼ばれる両刃の直剣だった。

剣身は一片の曇りもなく、神々しく銀色に輝いている。柄は穢れを一切寄せつけず純白に保たれていた。まさに純潔の乙女を思わせる美しい剣だった。

迷宮で見つかる武器には強力なものが多い。特に隠し部屋には、圧倒的な力を持った武器が眠っている可能性が高い。おそらくこの剣もその類のものだろう。

「これ、持って帰って売ったら、しばらくは良い生活ができるんじゃないかな」

ただ、ここから生きて出るのは相当難しいだろうけど。というか、客観的に見て不可能な気がする。

「ダメだ、落ち込んでいても始まらない。少しでも生き残る確率を上げなきゃいけないんだ。この剣を持っていくぞ」

顔を叩いて気合を入れ、純白の柄を握る。

「うわあ、なんだこれッ!? すごく触り心地がいい」

なんか握っているだけで気持ちいい。思わずニギニギしてしまう。

「ダメだダメだ。こんなことをしている場合じゃない。早く抜かないと。ではさっそく……ふんっギイィィィィー!! かはッ!!」

頭の血管がちぎれんばかりに力いっぱい剣を引き抜こうとする。だけど剣はピクリとも動かない。

「マジか……。少しくらい動いてくれてもいいのに……」

思わず愚痴も出る。

はあ……レベルの低い僕の力じゃ、元々無理なのかな……

「クソッ! 諦めるのはまだ早い。もう一回だ!!」

再び柄を掴むと、今度は自分の力を強化するため、全身に魔力を纏わせる。

誰でもできる基本的な魔力操作だが、これで少しはパワーも上がるはずだ。

元々少ない魔力をめいっぱいつぎ込み、力を込める。

それでも動かない剣。

やがて淡い白い光とともに僕の体を覆っていた魔力は、剣をも包み込みはじめる。

「うぅぐうぅぅ、動けえぇぇぇ!!」

渾身の力を込めたそのとき、剣がわずかに動いた。

「おお、う、動い――――!!」

次の瞬間、剣から眩いばかりの光が放たれた。そして僕は、光と同時に襲ってきた衝撃波により、台座から吹き飛ばされた。

「――いってぇー!?　いったい何が……!?　えッ!?　女の子!?」

光が収まると、そこにはこんなところに似つかわしくない、純白のワンピースを着た可愛らしい女の子が立っていた。

台座の上に立つ彼女は、腰まで伸びた銀糸のような美しい髪を持ち、澄み切った青空のような蒼氷色の瞳をした、僕と同年代に見える小柄な美少女だった。

何がなんだか分からず、頭が混乱して状況が呑み込めない。

「君が、新しいボクのご主人様？」

僕があたふたしていると、少女の方から声をかけてきた。

「えッ？　ご主人様？」

「君がボクを起こしてくれたんでしょ？」

この子は何を言っているのだろう？　というか、この子はどこから出てきたんだ？

「いや、意味が分からないんだけど。君はいったい誰？　どこから出てきたの？」

女の子は僕の質問に小首を傾げる。うん、すごく可愛らしい……

「君がボクに魔力を流して、ボクは目を覚ました。だから、君がボクの新しいご主人様」

少女は僕と自分を交互に指差し、そう言った。

いやいやいや、会話になってないよ。ん？　ちょっと待てよ。今、ボクが魔力を流して、彼女が

目を覚ましたって言ったよね。ということはもしかして……

台座全体を見回すが、やっぱりさっきまで刺さっていた剣がどこにも見当たらない。

「もしかして、君ってさっきまでそこに刺さっていた剣？」

「だから、そう言ってるじゃないか!!」

いやいや、一言も言ってないし。というか、なんでこの子プンプン怒っているの？

「なんか、ごめんなさい」

よく分からないけど、とりあえず謝っておこう。

「分かればいいんだよ。それと、ボクのことを売ったりしちゃダメだからね！」

売ろうとしたことがバレてる。どうやら目覚める前も、僕の声が聞こえていたみたいだ。

「はい、ごめんなさい」

ここも素直に頭を下げておく。

「ボクを目覚めさせたんだから、ご主人様には最後まで責任とってもらうからね」

責任って……。まあ剣だしいいか。ん、いいのか？

「ところで、そのご主人様ってやめない？　言われ慣れてなくて、なんか恥ずかしい。僕の名前、クラウドっていうから、そう呼んでもらえると嬉しい」

「クラウドか……。良い名前だね。分かったよ。これからは、ご主人様のことをクラウドって呼ぶね。改めましてクラウド、これからよろしくね～」

「うん、よろしく……。ところで君の名前は？」

人化する剣なんて、噂でしか聞いたことがない。きっと名持ち（ネームド）の高ランクの剣だろう。

そんな僕の思いとは裏腹に、女の子は手を後ろで組みながら、ニコニコと満面の笑みを僕に向けて言った。

「クラウドが付けて」

「はい？」

さすがにそれは、予想外だったわ。

「君、名前ないの？」

人化できるほどの〝知性魔道具（インテリジェンスアイテム）〟だ。普通は名持ち（ネームド）だと思うんだけど。

「ん～、あるといえばあるんだけど、ボクのルールで、ご主人様が変わるごとに新しく名前を付けてもらっているんだ」

「変わったルールだね。君を造った人に、そうするように設定されたの？」

「違うよ、自分で決めたの。だって、ご主人様一人ひとりと絆（きずな）を大切にしたいじゃない。だから新しいご主人様には、新しい名前で呼んでもらうことにしてるの」

分かりにくいけど、なんとなく分かった気がする。要は、昔付けてもらった名前は、そのときの主人だけのものってことなんだろう。だから新たに主人が変われば、名前も変えるようにしているんだな。たぶんだけど……

「分かった。じゃあ、僕が君に名前を付ければいいんだね」

「うん！　よろしく、クラウド」

よろしくされるのはいいけど、僕はネーミングセンスがあまり良くない。

いや、マジでどうしよう……

そうだ。伝説の名剣の名前を参考にしてみるとしようか。

伝説の名剣といえば、まず思いつくのは千年前の邪神戦争で活躍した、英雄エルザの愛剣エルナバーナ。後はブリンテルト王国の国宝にもなっている、現存する数少ない聖剣デュランダー。それと、ベルザント王国の英雄王が使っていたと言われる……。あれ？　名前なんだったかな？　確か……レ、レ……、あっ、思い出した。

「レヴィ――」

思わずレヴィヴルッフって言いそうになった。この娘のことだから、一度口に出したらそれをそのまま名前にしそうな気がする。伝説の剣と同じ名前の剣なんて、持っていて恥ずかしいからね。

「レヴィか……。まあいいんじゃないかな。承認したよ～。これからボクはレヴィ。よろしくね～、クラウド」

「はい？」

ちょっと待て。もしかして、今呟いた言葉が名前になっちゃったの？　マジですか？　いや、ある意味予想通りの行動だけど、でもどうしよう……

んー……嬉しそうな笑顔の彼女を見ていると、とてもじゃないけど違うとは言えない……

まあ本人がいいならいいかな。レヴィヴルッフって、最後まで口に出さなくてホントに良かった。レヴィまでで止めた自分を褒めてあげたい。

「どうしたの、クラウド？」

「いや、何でもないよ。これからよろしくね、レヴィ」

「うん。ところでクラウド、クラウドってすっごく弱いよね。どうやってここまで来れたの？」

うわッ、いきなり弱いって力強く断定されてしまった。確かに、反論の余地なく弱いんだけど。しかし僕が弱いってよく分かったな……。やっぱり、このひ弱そうな見た目からそう思ったのだろうか？

「え～と、どう説明したらいいのやら……」

そこから僕は、ここにいる事情を説明しはじめた。鉱山で働いていたら次元歪みに吸い込まれたこと、迷宮で大蛇に追いかけ回されたこと、逃げていて偶然隠し扉が開いてここにたどり着いたことなど、順を追って説明していった。

……その結果、笑われた。ホント、マジで爆笑していたよ。

しかも、背中をバンバン叩かれて「ドジ？　ドジなの？」ってドジを連呼された。

何もドジなんてしていないのに……。おかげで本気でヘコんだ。

「クラウドって、なんか運が良いのか悪いのかよく分からないよね～」

爆笑から復活したレヴィが話しはじめる。

「僕もそう思うよ」

少なくとも迷宮でまだ死んでないから、完全に運が悪いとは言い切れない。

「ただこれだけは言えるよ。その弱さでS級迷宮で生き残っているってことは、悪いことがあったけど、すっごく運が良い」

「はい!?」

ちょっと待って、レヴィ。今なんと？

「レヴィ、今S級迷宮って言わなかった？」

「うん、言ったよ」

「マジですか？」

「マジだよ～」

マジなのかー!!　S級迷宮って、最高難度の迷宮じゃないか。生息している魔物も、レベル三百オーバーの連中がゴロゴロしている。

トップクラスのハンターでも、二、三十人のパーティーを組んで挑むような迷宮だ。間違ってもレベル四の人間が一人でいるような場所じゃない。

今の僕のレベルなら、魔物の攻撃がかすっただけでも死んでしまう……

そう思うと、これまで生き残れたのはホントにすごく運が良かった。というか、奇跡以外の何ものでもないと思う。でも、やっぱりこんな迷宮に飛ばされた時点で、すっごく運が悪いとも言えるけど。

はあ、もうこれは脱出無理かな……

「ね～ね～、クラウド。これからどうする～？」

「どうするって言われても……」

ここから出たら確実に死んでしまう。食べ物がないからここにいても死んでしまうが……。同じ死ぬならどっちが良いんだろうか？

「特に予定がないなら、ボクの昔の仲間が一人、この迷宮に封印されているから助けに行こうよ」

何を言ってるのだろうか？　助けて欲しいのはむしろ僕の方なんだけど。

あっ！　レヴィってすごい剣みたいだから、もしかして人化した状態で、かなり強いのか？　それなら希望が出てくるぞ。

「もしかしてレヴィって、人化した状態でこの迷宮の魔物を簡単に倒せたりする？」

「キャハハハ!!　何言ってるの、クラウド。ボクはクラウドの魔力を介して人化しているんだから、能力的にはほとんどクラウドと変わらないよ。もちろん、剣形態のときは本来の力が出せて、そこら辺の剣よりずーっと強力だから安心して」

いやいや、剣なんかまともに振ったことないし、全く安心できない。それに、人化状態だと僕と同じくらいって、全然ダメじゃん。この部屋を出たら一緒に即死する未来しか見えないよ。人化した剣が死ぬかどうか知らないけどさ。

「はあ、それなら助けに行くどころか、ここを出たらすぐに死んじゃうよ」

「大丈夫だって、魔物に見つからないように移動できるから。……たぶん」

なんですと！　最後の一言はかなり不安だが、魔物に見つからずに移動できるのなら、それに越したことはない。

「ホントに大丈夫？」

「任せて。伊達に千年ここに封印されていたわけじゃないよ。大船に乗った気でボクに任せて」

千年も封印されていたのか。それならなんとかなるのかな……。ん、なるのか？　レヴィのこの軽さがかなり不安を煽る。

とはいっても、確かにここに残っていても、いずれ飢えて死んじゃうだろうし……

「それに、昔の仲間は頭が良いから、ここからの脱出方法を見つけてくれると思うよ」

なに!?　そういうことは早く言ってよ。脱出できる可能性が上がるなら、やるしかない。レヴィの『大丈夫』を信じよう。

「分かったよ。それじゃ、その昔のお仲間さんがいる場所まで、安全第一で案内してよ」

「りょーかーい！　任せて〜!!」

やっぱ軽い、軽いなあ、すっごく不安だ。

こうして僕とレヴィは、新たな仲間を求めて部屋を出発したのだった。

◆腕輪の執事◆

僕たちは、僕が入ってきたところとは別の出口を使い、再び迷宮内の石造りの廊下に出た。いや、戻ってきてしまった。

不思議なことに、僕たちが廊下に出ると、今通ってきたはずの扉は消え、石造りの壁に変わってしまう。これでもう後戻りはできなくなった。

ちなみにレヴィは現在、剣形態に戻って僕の腰にぶら下がっている。しかも鞘に収まった状態でだ。

台座に刺さっていたときには鞘なんてなかったのに、なぜか再び剣に戻ると鞘がついてきた。何とも不思議だ。

「で、レヴィ。その昔のお仲間さんは、ここからどれくらい離れた場所にいるの？」

剣形態のレヴィに話しかける。誰も見てないからいいが、もし人に見られたら、一人でブツブツ言っている可哀想な奴だと思われるかもしれない。

『このまま順調にいけば一時間半くらいかな』

剣形態になったためか、レヴィの声が直接頭の中に響いてくる。もしかして、念話というやつだろうか？

「結構、距離あるんだね」

『仕方ないよ。できるだけ魔物を避けて移動しているからね』

「え？　魔物の位置が分かるの？」

それならレヴィが大丈夫って言っていた理由も納得できる。

『え？　そんなの分かるわけないじゃん』

この娘（こ）なに言っているの？

「はい？　さっき魔物を避けて移動しているって」

『あ～、そのこと。それはいわゆる、経験則？』

なんで最後が疑問形？

『この千年間、暇潰（ひまつぶ）しに迷宮に思念体を飛ばしてたからね。魔物のいそうな感じとか、なんとなく分かるんだよ。すごいでしょ』

確かにすごいけど、それって半分勘（かん）だよね。

『なに？　文句あるの？』

もしかして、レヴィは心読めるのか？　それとも顔に出てたかな？

「いえ、ありません」

『ならよし、ドンドン行くよ』

「ドンドンは怖いからやめて。もう少し慎重にお願いします」

『クラウドはビビりだな～。仕方ない、もう少しゆっくり案内してあげる』

「お願いします」

ゆっくりじゃなくて慎重に案内して欲しいが、そこはもう諦めよう。魔物に見つからないことを切に願うだけである。


移動を開始して一時間が過ぎた。不思議なことに、本当に未だ魔物に遭遇していない。

レヴィの、いや、レヴィ先生の経験則、マジハンパないな。不安だったけど信じて良かった。

『ここからしばらくまっすぐね。この辺は魔物をあまり見かけないから、スピード上げて移動しても大丈夫だよ』

ここまでレヴィの言う通りに来て問題なかったわけだし、信じても大丈夫かな。レヴィのお仲間とも早く会いたいし。ということで、小走りに移動を開始した。

「しかし、本当に魔物に遭わないもんなんだな」

駆け足気味に移動をしながら、レヴィに話しかける。

『でしょ〜。ボクに任せておけば完璧だよ』

なぜか剣形態なのに、レヴィが胸を張るイメージが頭に浮かんでくるんだけど、なんで？

「まあ確かにね。一応信じることにするよ」

『一応って何さ？　クラウドは、目上のお姉さんに対する態度がなってないね』

お姉さんって、見た目そんなに変わらないだろう。まあ、確かに千年以上生きているなら、年上なのは間違いないけど、それだとお姉さんっていうよりおばあ――

『クラウド！　何考えてるの!!』

「いえ、なんにも考えてないです」

『なんで敬語で答えるのよ、怪しいなあ』

「ホントに何も考えてないってば」

やっぱりレヴィって、心を読めるんじゃないだろうか？　念話も使えるし、可能性がないこともないよな。

そんな益体（やくたい）もないことを考えて走っていると、一瞬目眩（めまい）を起こしたときのように視界がわずかに歪（ゆが）んだ。

「わっ、なんだ!?」

とっさに立ち止まり、周りを見回す。

『クラウド、足下』

レヴィに言われて自分の足下を見ると、そこには僕を完全に囲い込むように、巨大な赤い魔法陣が現れていた。

「えッ、魔法陣!?」

『罠だね。すぐに離れた方がいいよお』

罠だって!? というか、なんでレヴィは他人事なんだよ。

大丈夫だと油断して走ったせいで、いつの間にか廊下の中央にいたみたいだ。だから、こんな単純に踏むだけで発動する罠なんかに引っかかっちゃったんだ。

でも、即死系の罠じゃなかったことは不幸中の幸いだったかな、一応生きてるし。ただ、いったいどんな罠なん――

次の瞬間、魔法陣の中から巨大な人型の魔物がせりあがってきた。

「これは……。ゴーレム!?」

魔法陣から現れたのは、僕の三倍はありそうなほどでかい巨人。しかも、全身蒼銀色の鉱石で覆われた岩の巨人だ。

「もしかして、ミスリルゴーレム!?」

鉱山で働いていたから分かる。あの体の鉱石はミスリルだ。

それにしても、大きさが規格外だった。本来のゴーレムは、人よりやや大きいか大きくても倍ってところのはず。人の三倍もあるゴーレムなんて聞いたことさえない。

そんな規格外のゴーレムを茫然と見上げていると、頭にレヴィの声が響く。

『何やってんの、早く逃げないと危ないよお』

本当だ。突っ立ってる場合じゃなかった。早く逃げないと。

僕は急いで走り出す。

にしても、さっきからこんな状況でもレヴィの話し方には緊張感がない。

いや、そんなこと考えてる場合じゃなかった。ミスリルゴーレムがすごい勢いで追いかけてくる。

なんであんな鈍重そうな見た目で、僕より足が速いんだよ。

どうしよう、あれじゃあすぐに捕まっちゃう。そうなったら死亡確定だ。

『クラウド、ボクを前に突き出して、魔力を込めてから【アサルトブースト】って言って』

「何をこんなときに言ってるんだよ！」

『いいから言って。ハイ、【アサルトブースト】』

クソッ、よく分かんないけど仕方ない。

レヴィを前方に突き出して魔力を込める。そして――

「【アサルトブースト】‼　うおッ！　なんだこれぇぇぇ」

叫んだ瞬間、急にレヴィが紅く光る。そのままレヴィに引っ張られるように、一気に体が前方に加速した。

おかげで殴りかかろうとしていたミスリルゴーレムの拳が空を切り、すさまじい轟音を響かせて迷宮の壁にぶつかった。

しかし、今のは間一髪だった。ほとんどカスっていたんじゃないか。でも、これでだいぶ距離は稼いだ。ミスリルゴーレムの動きも今は止まってる。今のうちに逃げよう。あ、もう動き出した。

『そこ右に曲がってね～』

なんか言い方がイラっとする……って文句言ってる場合じゃないや。

レヴィの指示に従い右折、そのまま廊下を全力でひた走る。

「背後から聞こえる地響きって、ミスリルゴーレムだよね」

『間違いないね』

やっぱりか。そりゃ追っかけてくるよね。

ただ、この距離なら袋小路にハマらなければ、なんとか逃げきれそうだ。道順はレヴィを信じて任せれば大丈夫のはず。……たぶん。

『次、そこの丁字路を左ね』

指示通り、突き当たりを左に曲がる。さらに廊下に沿ってすぐ右に曲がる。そして長い距離の直線を全力疾走。

『もう少し行くと十字路が見えるから、そこを左ね』

よしよしいい感じだ。ミスリルゴーレムも一応追ってきてはいるみたいだけど、もう見失っているはずだ。

「了解。ちなみに、その先行き止まりとかじゃないよね？」

『大丈夫大丈夫。もう完璧だよ』

なんだかすごい自信だよね。

しかし、今回はレヴィがいなかったら本当に危なかったよな。あのミスリルゴーレムのパンチなんて、まともにくらったらミンチ確定だったよ。でも、とりあえずあそこの十字路まで行けば、ミスリルゴーレムは僕がどこに逃げていったか分からなくなるはず。あと少し、あの十字路まで……。あの——

「どこが完璧なんだよ!!」

十字路まで約十五メートルを残すのみとなったところで、そいつは十字路から現れた。

天井に届かんばかりの巨体、異常に発達した後肢、小さな前肢に鋭い爪、ゴツゴツした蜥蜴のような表皮。そしてダガーのように尖った無数の牙を持つ大きな顎門。

僕がこの迷宮に来て初めて見た魔物。恐竜と呼ばれる亜竜の一種。そいつが今、僕が目指していた十字路から現れたのだ。

『クラウド！　Uターン』

言われるまでもない。来た道を猛ダッシュで戻る。

戻ったらミスリルゴーレムがいる？　そんなの関係ない。後ろにいる存在は、そんなことを考えている余裕を与えてくれる相手じゃない。

クソッ、この状況のどこが完璧なんだよ！　生き残れたら、絶対レヴィに文句を言ってやる。

しかし今はそんなことよりも、恐竜に気づかれる前にできるだけ距離を稼ぐ方が優先だ。

そのとき、体中に悪寒が走った。これ、ダメなやつだ。

あり得ないくらい、全身から冷や汗が溢れてくる。

『クラウド、気づかれたみたいだよ。急げ！』

言われなくても分かってるよ。これでも全力疾走してるんだよ。

あっ、ヤバイ！　この大地を揺るがすような足音、絶対僕を追っている。

クソッ！　せめてあそこの角まで行ければ隠れる場所が――

「――ッ!!」

そんな楽観的な考えは、すぐに打ち砕かれるものらしい。

目の前の角から現れたのは、思い出したくもない巨大な影。蒼銀に輝く巨人さん、そうミスリルゴーレムだ。

ダメだ、さすがにこれは詰みだ。

前門のミスリルゴーレム、後門の恐竜。まさに絶体絶命、これで僕の人生終了だよね。もう歩いていいよね。

『クラウド、止まるな!!　まだ終わってないよ！』

まだ終わってない？　この状況で？　絶対無理だと理性は言っているのに、なんだかレヴィの声を聞くと、思わず体が反応して再び走り出しちゃった。

　でもこの後どうすれば？

『ギリギリまで引きつけてから、【アサルトブースト】だよ』

【アサルトブースト】!?　さっき急加速したあれか！　でもギリギリまで引きつけてって、……あ、なるほど。でもいけるか？　いや、もうやるしかない。

『チャンスは一度っきり。クラウド、頑張って！』

　レヴィの声に僕は一つ頷くと、覚悟を決め、レヴィを前方に突き出す。

　眼前に迫ったミスリルゴーレムはすでに足を止め、拳を振り上げて僕が来るのを待ち構えている。後方からは、恐竜が僕に喰らいつこうと大きな顎門を開き、すぐそこまで迫っている。

　怖い、オシッコちびりそう。でも、レヴィの言う通り、チャンスは一度。ここでビビったら終わりだ。命を懸けた一発、見せてやる。

　レヴィに魔力を込める。そして――

『今だよ！』

「【アサルトブーストォォォォォ】!!」

　レヴィが紅く光り、僕の体が一気に加速する。迫りくるミスリルゴーレムの拳が、僕の髪をわずかに撫でた。恐竜の顎門が一瞬前まで僕がいた場所に喰らいつく。どちらもまさしく間一髪だ。それを全身で感じながら、僕の体は信じられない勢いでミスリルゴーレムの股の間をすり抜けていく。

そしてすさまじい衝撃音を背に、僕はミスリルゴーレムの後方に抜けた。

よっしゃー！　ギリギリだったけど、うまくいった！　後ろから聞こえたデカイ激突音がすごく気になるけど、ここは止まらず逃走だ。

【アサルトブースト】の効果が切れてスピードが急減速する。それと同時に、耳をつんざく雄叫(おたけ)びと地震のような揺れが僕を襲う。

あっ、やっちゃた！　次の瞬間、盛大に顔面から地面にダイブした。

「うー、鼻が、鼻が……。痛いよお」

顔面を押さえて蹲(うずくま)る僕。

『キャハハハッ。何やってるの、やっぱクラウドってドジ？　ドジなの？』

「くっ、ドジじゃない……ってそんなこと言ってる場合じゃないよ。ゴーレムと恐竜は……!?」

さっきからすごい音とか鳴き声が聞こえていると思ってたけど……

僕はおそるおそる振り返った。

うわ、まさか二体の怪物が殺し合いを始めているとは、さすがに思わなかったわ。

ここは彼らに任せて、僕はお先に失礼させていただこう。うん、それが一番だよね。

こうして僕は、本日二度目の命の危機から生き延びたのだった。いや、マジで今回は本当にダメかと思ったよ。

あのミスリルゴーレムと恐竜との死闘から三十分後、僕たちは真っ黒な、異様な気配を放つ大きな扉の前に立っていた。

何なんだろ、このおぞましいほどの雰囲気を持つ三つ首の犬の彫刻が描かれた扉は……。嫌な予感しかしないんだが。

『さてと、問題はここからだよ』

ちょっと待て、さっきのは問題じゃなかったと？　そんなツッコミを入れたかったが、レヴィの声音が今までになく真剣なものだったので、真面目に質問する。

「この先に昔のお仲間さんがいるってわけじゃないの？」

『いるよ。ただその前に、厄介な魔物が門番をしているんだよね』

「厄介って……。マジですか？」

今までの魔物は、レヴィからしたら厄介でなかったということ？

『うん、洒落にならないのがいるよ。まあこの部屋は、守護者を倒さなくても通り抜けができるからまだましなんだけどね。……ただ、それでもね』

うわあ、さっきまでの軽い感じじゃない。真剣そのものだ。これはホントにダメなやつだ。

『とりあえず中を覗いてみよう』

「本気？　覗いたら襲ってこない？」

さっきみたいに追いかけられるのは嫌だよ。ホントマジで。

『大丈夫大丈夫。守護者をしている魔物は、決められたエリアから出ることができないから、中に入るまでは大丈夫。絶対に襲ってこないよ』

はあ、いまいち信用ならないけど、ここは信じるしかないか。それでは――

扉に手をかけて力を込めると、ゆっくり扉が開きはじめる。

そして、ようやく人ひとり通れるだけの隙間が開いた。勇気を出して中を覗き込む。

うん、いたよ、いたいた。

ミスリルゴーレムの倍はある巨大な魔物。全身青黒い毛で覆われたその巨体には、頭部が一つではなく三つある。その全てが、獰猛な野犬を思わせる。そう、入り口の扉に描かれていたあの魔物だ。

確かにあれは洒落にならない。ど素人の僕ですら、嫌でも格の違いを理解できる。あれを見たら、さっき対峙したミスリルゴーレムも恐竜も、まだまだマシに思える。いや、マシに思えるってだけで、どちらもどうにもならない存在なんだけど、それでも目の前のやつが別格なのは確かだ。

『ケルベロスだよ。確かレベル四百五十くらいの魔物だったかな』

レベル四百五十って、神話クラスじゃないか⁉　そんな情報いらない。もうどうしようもない。

絶望するだけでしょ、これ。

『やっぱりクラウドって、絶対運が良いよ』

レヴィが突然嬉しそうに言い出す。

「何がですか？　どこがですか？　アレをどう見たらそんな言葉が吐けるんですか？」

もう、悲しくなってきた。

『クラウド、よく見てよ。あのケルベロス、全部寝ているんだよ。今なら見つからないでここを通り抜けられるよ』

何⁉　マジですか⁉　おお、確かに三つの犬が全部寝ている……ように見える。

「あれって、寝ているフリとかじゃないの？」

『ケルベロスはそんな面倒くさい真似しないよ。そもそも獣だし、絶対大丈夫！』

よく分からないが、すごい自信だ。

確かにここまで色々問題はあったけど、一応レヴィを信じてなんとか無事に来られたのだから、今回も信じていいかも……。不安はめちゃくちゃあるけど、どの道ここを通るしかないわけだし……

というわけで、こっそりここを通過させてもらうことにしました。

「失礼します」

小声で挨拶して、部屋に一歩踏み込む。

ケルベロスを見るが反応なし。よし、大丈夫。

それにしても、寝ているだけなのにすごく威圧感があるな。部屋に入った瞬間から脂汗が滲み出て止まらない。

しかしここで慌てるわけにはいかない。逸る気持ちを抑えて、部屋の隅っこを音を立てないように慎重に進む。

時折ケルベロスを見るが、今のところ特に起きる気配もない。大丈夫だ。

出口の通路が口を開けて待っている。人間サイズのものしか通れない狭い通路だ。あそこまで行ければ、ケルベロスは追ってこられないはず。

よし、残り約十メートル。これならいけそうだ。

と、そのとき、後ろで何かが動く音が聞こえた。

噴き出す冷や汗を拭いもせずに、後ろを振り向く。

あ、これ、死んだかも……

やっぱりケルベロスが起き上がっていた。そして、じーっと僕のことを見つめている。

『クラウド、死ぬ気でダッシュ＆【アサルトブースト】!!』

言われるまでもない!!

猛ダッシュ!!　僕はこのとき人生最速のダッシュを発動した。いや、ただ全力で走っただけだけど。

突然走り出したが、寝起きのためかケルベロスは追ってこない。

ここで一気に加速する。

「【アサルトブースト】!!」

体が一気に引っ張られるように急加速し、勢いそのまま通路に飛び込む。

よっしゃー、抜けた!!

そう安心した瞬間、噴火のような轟音とともに、全身を猛烈な衝撃波が襲う。

「うわぁアアアアー!!」

吹き飛ばされた僕は、なす術もなくオモチャのように廊下をひたすら激しく転がっていく。そして、どれだけ飛ばされたか分からないけど、最後は腹ばいで数メートル滑り続けて、ようやく止まった。

「うー、い、痛い。顔痛い。全身痛い。それに気持ち悪い……。ウップ」

いったい何なんだ？　体中痛いし、目が回って吐きそうだ。でもこれって、生きてるって証だよね。うん、生きてるって素晴らしい。ウップ……

通路がまっすぐ伸びていたおかげで、壁にぶつかることなく奥に飛ばされるだけで済んだみたいだ。もし途中に壁があったらと思うと……。ヤバイ、自然に体が震えてきた。

後ろを振り向くと、通路の入り口を塞ぐように、ケルベロスの顔の一つが鋭い眼光でこちらを見ている。それだけでチビりそうだ。

どうやらさっきの衝撃波は、ケルベロスが通路の出入口に突っ込んできたのが原因のようだ。

いったいどんな勢いで突っ込んだら、あんな衝撃波が生まれるんだよ。レベル四百五十、全く洒落にならなすぎだろ。

ただ、ケルベロスの図体がデカすぎて通路の中に入れず、僕は命拾いできたわけだ。おかげで出入口の壁にぶつかった衝撃波で、僕は吹き飛ばされたんだが。

ケルベロスがすごい怖い目でこっちを睨んでいる。唸り声も聞こえるし。気持ちは分からないでもないけど……

『大丈夫～、クラウド？』

たいして心配そうでもない口ぶりでレヴィが聞いてきた。

「一応生きてるみたいだよ。ケルベロスと目が合ったときはさすがに死んだと思ったけどね」

はあ、それにしても、今回もかなり危なかったな。なんだかここに来てからこんなのばっかりだよ……。S級迷宮なんだから、当然と言えば当然なんだろうけど……

『でも、さすがクラウドだね。すごい強運だよ。いや～、さすがにボクも今のは死んだかな～ってちょ～と思ったよ』

オイ、何が死んだかな～、だよ。

「ちょっとレヴィさん、何を言っているのかな？　さっきは絶対大丈夫って言ったよね？　間違いなく言ったよね!?」

『まあその～、ほら、生きてるってことは、大丈夫だったたってことじゃないかな～』

声が明らかに動揺していますがね。というか、念話を通じて視線を逸らすレヴィの姿が伝わってくる。

「……まあ、もういいよ。一応生き残れたんだし」

『さすがクラウド、心が広い』

さすがじゃないし。

「ハイハイ」

『なんかおざなりな返事だね。まあいいや、ほら見て見て、あの扉の向こうが目的地だよ。無事到着だよ』

言われて前を見ると、そこには純白の廊下に浮かぶ白金の扉が姿を現していた。

なんだかドッと疲れたけど、無事に到着して、本当に良かった。


「ここにレヴィの言う、昔のお仲間さんがいるんだよね」

レヴィのときにも見たような白金の扉を前にして、レヴィに聞く。

『そうだよ。セバスっていう腕輪だよ』

「腕輪？　頭が良いお仲間って腕輪だったんだ」

頭が良いのに腕輪って、なんだか変な感じだ。

『そうだよ。知識の腕輪っていう腕輪で、ボクと同じ知性魔道具（インテリジェンスアイテム）なんだよ。それに、前のご主人様もボクと同じだったんだよ』

なるほど、それなら確かに昔のお仲間だ。

『それより、こんなところで話してないで、早く中に入ろうよ～』

「ハイハイ、分かったよ」

再びおざなりな返事をし、さっそく白金に輝く重厚な扉に手をかけた。

扉の奥を覗く(のぞ)と、そこにはレヴィがいた部屋と同じように、純白の空間が広がっていた。

そして部屋の中央には、当然同じように円形の台座がある。

台座の中心部には、蔓(つる)が巻きつく意匠の、小さな銀色の丸いテーブルが置いてあり、そのテーブルの上には、やや幅の広い金色に輝く美しい腕輪があった。

「あっ！　いたいた、アレがセバスだよ」

横を見ると、いつの間に人化したのか、銀髪美少女の姿に戻ったレヴィが立っている。

なんの前触れもなく人化すんだな。なんというか、レヴィって剣なのに自由だよな。

あれ？　そういえばレヴィが人化して目の前にいるのに剣がまだ腰にある。なんでだろう？

「レヴィ、どうして人化しているのに剣が残ってるんだ？」

「どうしてって、人化しているときにクラウドが襲われたら困るでしょ。だから剣としての能力は落ちるけど、剣を残したまま人化するようにしてるんだよ。あ、あと、人化してるときは【アサルトブースト】みたいなボクの固有能力は使えないから気を付けてね」

幽体離脱みたいなものなのかな？　しかし、すごく便利な能力だな。

「それよりも、早くセバスの封印を解いちゃってよ」

「え？　でも、封印ってどうやって解くんだよ」

僕の言葉に、レヴィは不思議そうな顔をして説明をする。

「何を言ってるの。ボクにしたことと同じようにすればいいんだよ」

あ、なるほど。魔力を通せばいいのね。あのときは訳も分からず、ただただパワー強化のために魔力を込めたんだった。

「じゃあ、やってみるよ」

腕輪に手を伸ばして持ち上げようとするが、ピクリとも動かない。

あれ？　まったく動かない。持ってから魔力を流したいんだけど……

「何してるの、クラウド？　まだ封印を解いてないんだから、動かせるわけないよ」

あ、そういうものなんだ。だからレヴィのときも封印を解くまで動かすことができなかったのか。

「了解！　では気を取り直して」

テーブルに置かれた腕輪に右手を置き、魔力を込めていく。

しばらくすると、腕輪はだんだんと光り輝きはじめる。

これはマズイ。レヴィのときみたいに衝撃波が来る。でも、今さら止められないし、仕方ない。

覚悟を決めて目を閉じ、衝撃に備えて身構える。

「…………」

……あれ？　レヴィのときみたいに衝撃波が来ない？

いつまで待っても衝撃波が来ないことを不思議に思い、ゆっくり目を開けてみる。すると、そこには燕尾服を纏（まと）い、ロマンスグレーの頭髪をオールバックにした初老の紳士が姿勢良くキリリと立っていた。

「旦那様、お初にお目にかかります。セバスティアン・ラファエリスと申します。知識の腕輪の知性魔道具（インテリジェンスアイテム）兼執事でございます。セバスとお呼びください。以後お見知り置きを」

セバスと名乗ったその初老の紳士は、右手を胸に添え、洗練された美しいお辞儀（じぎ）をする。まさに執事といった感じだ。

「えっと、クラウドと言います。よろしくお願いします、セバスさん」

今まで関わったことがないタイプの人なだけに、どう接すれば良いのか戸惑う。

「セバス、久しぶり。元気してた？」

僕たちの自己紹介に、レヴィが当然のように割り込んできた。

「エルナバーナは相変わらずですね。今、私は旦那様とお話しさせていただいているのですよ。あなたも旦那様にお仕えする身なれば、もっとちゃんとしなければいけませんよ。旦那様、本当に申し訳ございません」

執事だからなのか、一つ一つの所作や言動がすごく洗練されていて、レヴィとは正反対だ。

「大丈夫ですよ。僕は全然気にしてないですから。セバスさんも、僕と普通に接してくれたら嬉しいです」

なんだかレヴィと違いすぎて調子が狂っちゃうな。

「そうだよセバス。クラウドはそんなちっちゃいこと全然気にしないよ」

お前が言うな。

はあ、なんか疲れる。

「旦那様、お疲れのご様子ですね。少しこちらでお休みください」

お休みくださいって……。なんだろう、あれ？

セバスさんの方を見ると、真っ白いテーブルクロスがかかったテーブルセットがいつの間にか用意されている。しかもそのテーブルの上には、今まで見たこともないような、高級そうなティーセットが準備万端とばかりに並べられていた。

さっきまで、こんなのどこにもなかったはずなのに、どうやって用意したんだろう。

「……ありがとうございます」

お礼を言って戸惑いながらも席に着くと、先ほどまでテーブルに置かれていたティーポットは突然消え、次の瞬間セバスさんの手元に現れた。

僕が唖然(あぜん)としつつその光景を見ていると、セバスさんは一礼してティーカップに紅茶を注ぎはじめた。

素人目だけど、こういった動作にもセバスさんには無駄がない。さすが自ら執事を名乗るだけのことはある。

「アルム産の茶葉でいれました紅茶でございます」

アルムってどこだろう？　聞いたことないな。というより、こんな高級そうな紅茶を飲んだことないよ。

ドキドキしながら紅茶を一口飲む。

「なにこれ、すごく美味しい」

この紅茶、爽やかな飲み口ですごく飲みやすい。

「でしょ、セバスの紅茶は世界一なんだよ～。だからセバス、ボクにも一杯ちょ～だい」

言われたセバスさんは、レヴィを見て小さくため息を吐いている。なんとなく気持ちは分かる。

「セバスさんも一緒に休憩しませんか？」

僕の言葉の意味を汲みとってくれたのか、セバスさんはどこからともなくティーカップを出すと、レヴィの前に置いて紅茶を注ぐ。

「エルナバーナ、今回は旦那様のご厚意です。次はありませんよ」

紅茶を注ぎ終えると、セバスさんはレヴィを見つめて釘を刺す。

「セバスのケチンボ。あ、それからセバス。ボクの名前、今はエルナバーナじゃないよ。クラウドにレヴィって名前を付けてもらったの。今度からボクのことはちゃんとレヴィって呼んでよね」

頬を膨らませてプンプン怒りながら話すレヴィ。見た目はやっぱり可愛いな。中身の方はアレだけど。

「そうでしたか。レヴィ、それはよかったですね。これからは旦那様に忠誠を尽くし、しっかり仕えるのですよ」

「任せてよ」

どうやら二人の間で話は纏ったみたいだ。

しかしそんなことよりも、今の会話の中に聞き捨てならない言葉が出てきたぞ。

確かセバスさんは、レヴィのことをエルナバーナと呼んでいた。そう、あの千年前にいた英雄エルザが持っていたという伝説の名剣と同じ名を。

「あのお、一つ聞きたいのですが。セバスさんはさっきから、レヴィのことをエルナバーナって呼んでいませんでしたか？」

まさかレヴィがエルナバーナ⁉と思いながら、おそるおそる二人に聞く。

「え？　そ〜だけど、何かあった？」

何それ、当たり前じゃん、みたいな感じで答えるレヴィ。

セバスさんからも同じように「はい、確かにレヴィの以前の名前は、エルナバーナでございましたが」と肯定の言葉が返ってくる。

……そうすると、やっぱりそうだよね、そうなるよね。

「確かレヴィって、約千年前からここに封印されていたんだよね？」

「そうだけど、それがどうかしたの？」

僕の質問の意味が分からないようで、レヴィは不思議そうに小首を傾げる。

ヤバイ、ちょっと可愛いとまた思ってしまった。見た目が美少女なだけに、可愛らしい仕草の破壊力がハンパない。

「なるほど、そういうことでしたか」

アレだけの質問で、セバスさんは僕が考えていることを理解したようだ。さすが魔導の腕輪と名乗るだけのことはある。

「旦那様のご想像通り、私たちの前の主人は、邪神殺しの英雄エルザ様でございます」

やっぱりそうなんだ。レヴィは、千年前に起こった邪神戦争の英雄エルザの愛剣、エルナバーナだったんだ。


この世界、アルケーディアは、かつて光の神——天神ファラリスにより統治されていた。その頃は、魔族や魔物もおらず、とても平和な世界だったと言われている。

それが今から五千年前、突如闇の神——邪神フォロリスと名乗る者が、この世界を奪おうと魔族や魔物を引き連れて現れた。天神ファラリス率いる光の軍勢と、邪神フォロリス率いる闇の軍勢との戦いは、百年にもわたって続いたと言われている。

戦いは、天神ファラリスが邪神フォロリスの魂を五つに斬り裂いて封印することで勝利を収めた。だがしかし、天神ファラリスは邪神フォロリスを封印するのに全ての力を使い果たし、この世界から姿を消したという。

このときから、世界は神が支配する時代から、人間と魔物が生息域を奪い合う現在のような時代へと変わったそうだ。

そして神代から四千年後、今から千年前に邪神戦争が勃発する。

五つに分かれた邪神フォロリスの魂の一つがこの時代に復活し、再び世界は闇の軍勢の脅威に晒された。そのとき突如現れたのが、後に邪神殺しの英雄と呼ばれることになるエルザだった。

彼女は、漆黒の鎧を身に纏い、魔剣エルナバーナを右手に掲げ、仲間とともに立ち上がると、ついには邪神フォロリスを討ち滅ぼしたとされている。

そんな神話とも言える昔話に出てくる伝説の魔剣エルナバーナが、レヴィだったのだ。

「レヴィがエルナバーナ……」

驚きすぎて、何を言っていいのかまったく思い浮かばない。

「ね～ね～、セバス。どういうこと？」

茫然とする僕を無視して、レヴィは不思議そうにセバスさんに問いかける。

「そうですね。レヴィはエルザ様の死後、この迷宮に千年もの間封印されていたのですから、世の中のことに疎くなっているのも当然ですね」

「え～？　それはセバスだって同じじゃん」

「同じではありませんよ。私は龍脈を通じ、多くの外の情報を取り込むことができますから」

セバスさんって、そんなこともできるんだ。なんだか執事だけじゃなくて、密偵とかも余裕でできそう。

「ですから、現在の世俗のことも多少は知っているのですよ」

たぶん、多少どころじゃない気がする。

「セバスだけズルい」

レヴィが拗ねてみせるが、セバスさんは取りあわない。

「その中で、邪神戦争で活躍されたエルザ様の名とともに、魔剣エルナバーナの名も伝説となって千年後の現在まで伝わっていることを知ったのです」

「お～、クラウド。今の話ホント？」

レヴィがなんかニヤニヤしててすごく嬉しそうだ。そりゃ、伝説の魔剣とか言われたら嬉しいよね、剣だけに。

「うん、ホントだよ」

レヴィは僕の答えに、花が咲かんばかりの最高の笑顔を見せる。これで中身が清楚なお嬢様って感じだったなら惚れてしまうところだったかも。まあ中身はアレなので、実際は惚れることはないだろうけど。

「えへへ、うふふ」

レヴィはよほど嬉しかったのか、完全にトリップ状態になっている。しばらくは会話になりそうもないので今は放置で。

「セバスさん。今の話、僕なんかにしてよかったんですか？」

「別に隠す類の話でもございませんので一向に構いませんよ。それに、今の主人は貴方様でございます。ご質問がございましたら何なりとお聞きください」

まあ、セバスさんがそう言うならいいか。しかし最初は驚いたけど、レヴィを見てると、とても伝説の魔剣に見えないから不思議だ。今もニヘラとクネクネしてるし。

「あ、そうだセバスさん。先ほどから僕のことを、旦那様と呼んでくれていますが、なんというかその呼ばれ方が慣れなくて、こそばゆいと言いますか、居心地が悪いと言いますか、できればレヴィと同じように、クラウドと呼んでもらえませんか？」

僕みたいな肉体労働者が旦那様と言われてもね。

セバスさんは僕の言葉に少し逡巡した後、一応の理解を示してくれた。

「かしこまりました。ただ、さすがに旦那様を呼び捨てにすることなどできかねます。ですので、これからはクラウド様とお呼びすることをどうかお許しください」

クラウド様か……。旦那様とあまり変わっていない気もするが、少しはマシかな？　たぶんセバスさんはこれ以上言っても変えてくれないだろうし……

「分かりました。それでお願いします」

「お聞き入れいただき、ありがとうございます、クラウド様」

とりあえずこの件はこれでいいとして。

「セバスさん。一つ聞きたいのですが、どうやったらこの迷宮から無事に脱出できるか分かりますか？」

セバスさんは僕の質問にしばらく黙考する。

「いくつか方法がございますが……。少しでも脱出の確率を上げるのであれば、この迷宮に封印されている〝盾の者〟を仲間に引き入れるのが良いかと」

盾の者って、またレヴィやセバスさんみたいな知性魔道具（インテリジェンスアイテム）なのかな？

「盾の者、ですか？」

「はい。盾の知性魔道具（インテリジェンスアイテム）でございます」

盾か……。確かに盾があれば心強いと思うけど……

「セバスさんは分かっていると思いますが、僕はすごく弱いです」

「はい、承知しております」

うっ、即答ですか。分かっていてもグサっと来るものが……

「で、ですので、その盾の者という方がいるところまで、無事にたどり着けるか心配で」

「それでしたら、おそらく問題は少ないかと。盾の者が封印されているのは、この部屋と同じエリアにございます。魔物を避けて慎重に移動したとしても、三十分もあればたどり着けるでしょう」

「本当ですか？」

それならなんとかなるか。レヴィと違ってセバスさんは頼り甲斐があるし。

「はい。ただ、この世には絶対ということはございませんので、細心の注意が必要となりますが」

「そうですよね、絶対はないですよね……」

うんうんと頷きながらレヴィの方を見ると、彼女は逃げるように視線を逸らした。

この態度だと、ケルベロスと遭ったときに自分が何を言ったか覚えているみたいだな。

そんな僕たちを見たセバスさんが「どうかなされましたか？」と聞いてきたが、もう済んだことなので、苦笑いで「いえ、なんでもないです」とだけ答えておいた。

「ね〜、二人とも、次の目的地が決まったのなら、そろそろ移動しようよ」

レヴィは何も反省してないんだな……はあ、まあいいか。

「レヴィも、ああ言っていますし、そろそろ移動しましょう」

「かしこまりました。ただ、その前に一つ」

そう言うと、セバスさんはどこからともなく黒い革鎧と革ブーツを取り出した。ハードレザーアーマーだ。

「ここはＳ級迷宮、何が起こるか分かりません。できる限りの準備を整えるのが良いでしょう。こちらはエルドボアの皮で作られた鎧とブーツでございます。質は良くございませんが、ないよりはマシでしょう」

ちょっと待って。エルドボアってAランクの魔物だよね。普通、一流のハンターが使うような防具じゃないか。そんなAランクの鎧を質が悪いって……

「一つ聞きたいのですが、セバスさんやレヴィのアイテムランクってどれくらいなんですか？」

アイテムランクとは、言葉通り武具やアイテムの性能や能力を分かりやすくランク付けしたものだ。ちなみにランクは低い方からＧＦＥＤＣＢＡとなり、その上はＳ、ＳＳそして最高ランクのＳＳＳとなっている。全部で十段階のランクに分類されるわけだ。

「私どものランクでございますか……。私もレヴィも、現代の基準に照らしますと、ＳＳＳランクに分類されるでしょう」

マジですか⁉　いや、伝説の魔剣だったり、英雄エルザの装備品だったりするのだから、そうじゃないかなあ、とはチラッと思ったけど、まさか本当に最高ランクとは……。もうそれって神器クラスだよね。

しかし……。うん、心強い。そう思うだけにしよう。その方が精神衛生上いいと思う。

「す、すごいですね。すごすぎてなんて言ったらいいか分からないくらいですよ……って、あれ？さっきまでここにあったテーブルとか椅子は？」

話しながら革鎧を身に着けているうちに、さっきまで目の前にあったテーブルセットとティーセットが綺麗さっぱり消えてしまっていた。

「それでしたら、私のアイテムボックスに収納いたしました」

セバスさんって、アイテムボックス機能付きだったんだね。だからいきなりテーブルセットを出したり革鎧を出したりできたのか。納得。

「ちなみに、アイテムボックスの容量と中の経過時間はどれくらいですか？」

アイテムボックスは、高品質になるほど収容量が増え、内部の経過時間が遅くなる。

「容量は無制限、経過時間は自由に設定が可能でございます」

もしかしてと思っていたがやっぱりだ。さすがはＳＳＳランク。もう何も言うまい。

「もう二人とも、いつまでも話してないで早く行くよ」

レヴィが良いタイミング話しかけてきたので、この話はここで終わろう。

「そうだね。それじゃあセバスさん、そろそろ出発しましょう。案内をお願いします」

「かしこまりました」

こうして僕たちは、新たな仲間、盾の者を求めて移動を開始した。

『そう言えばレヴィの封印が解けたときって、衝撃波で弾き飛ばされたけど、セバスさんのときは何も起きなかったよね。これってどうしてなの？』

盾の者が封印されている部屋に移動中、念話を通じて二人に話しかけた。

ちなみにこの念話は、迷宮には音に敏感な魔物もいて、声を出して話すのは危険だからと、セバスさんが装備契約者専用念話の使い方を教えてくれたものだ。レヴィも知ってたらしいが「忘れてた。ごめんね～」で済まされてしまった。

『…………』

『レヴィ、どういうことですか？』

あれ？　だんまりのレヴィに対して、セバスさんの語気が少し強くなった？

『だって……。クラウドがボクのことを、いやらしい手つきで触るんだもん』

『なッ……。レヴィさん、何をおっしゃっているのですか？　ぼ、僕はそんなこと、何もしていないですよ』

ヤバイ。なんかすこーしだけ身に覚えが……

『嘘だ！　ボクの体をいやらしい手つきで、すっごくニギニギしてきたもん』

はい。確かにしました。ただ、いやらしい手つきではなかったと思いますが。というか、そもそもあのときのレヴィは剣だったし。

『いや、確かに握りはしたけど、それは剣の柄だったし……。それに、あのときはまだレヴィが人化できるって知らなかったわけだし』

うわあ、我ながらすごく言い訳っぽいな。なんか浮気がバレた男みたいだよ……

そこでセバスさんが僕たちの言い合いに割って入ってくる。

『そういうことでしたか。レヴィ、それは貴方が悪いですよ』

『え～、だって……』

さらに言い募ろうとするレヴィに、『レヴィ』と、言い訳は不要とばかりに少しばかり強い口調で言うセバスさん。僕が怒られているわけじゃないけど、ちょっと怖い。

『う～、ごめんなさい』

『よろしい。クラウド様、レヴィが失礼をいたしました』

なぜか頭の中に、セバスさんが頭を下げる光景が浮かんでくる。

『いえいえ、僕の方こそ……。レヴィ、ごめん』

すごくレヴィが落ち込んでいるので、一応謝っておくことにした。

『ボクの方こそゴメンね。というか、ボクは剣だから握ってもらわないと意味ないんだよね。てへっ』
てへっ、じゃないだろ。あー、なんか疲れた。もういいや……
こうしてどうにか仲直り（？）した僕たちは、盾の者が封印されている部屋に向けて移動を続けるのだった。

『クラウド様、少々お待ちください』

セバスさんがそう言って僕を止めたのは、盾の者が封印されている部屋まであと少しといったところだった。

今までも、移動中に何度か同じようなことがあったが、そのときはだいたい近くに魔物がいるか、そばに罠（わな）があるときだった。セバスさんは感知能力が高いらしく、非常に頼り甲斐（がい）がある。レヴィとは大違いだ。

『何かありましたか？』

僕は右腕の腕輪――セバスさんに向けて聞く。

『少々よろしくない状況のようです』

『よろしくないって、どういう状況ですか？』

高い感知能力と状況分析能力を併せ持つセバスさんがよろしくないというのだから、どうしても不安になってくる。

『これをご覧ください』

『うわッ、何ですかこれ、どういうことです？』

突然、頭の中に迷宮内の映像が浮かんできた。何なんだよこれ？

『落ち着いてください。それは、この先にある廊下の映像です。私の能力を使って、クラウド様と私の視覚を共有させました』

視覚の共有ってそんなこともできるんだ。セバスさん万能すぎだろ。さすがはＳＳＳランクアイテムってことなのかな。

それはさておき、セバスさんと共有した映像を確認する。

見た感じ、ここと同じくらいの広さの石造りの廊下のようだ。相変わらず地下の廊下だというのにバカ広い。廊下は約七、八十メートルほどが一直線に続いているようだが、ちょうど中間あたりに人間サイズの扉が一つ見える。そしてその扉付近に、あのミスリルゴーレムよりもデカイ、人型の魔物が一体立っているのが見えた。

確かに魔物は厄介(やっかい)だけど、今までも似たような状況は何度もあったような。

『あの魔物が危険なら、遠回りしてでも避けていけばいいんじゃないですか？』

『それは無理じゃないかなあ。ねえセバス、目的地ってあの扉の奥だよね？』

あの扉の奥って、あの化物の真後ろではないですか⁉

『セバスさん、今のレヴィが言ってることって……』

『左様です。レヴィが言うように、あの扉の奥が今回の目的地でございます』

うわーマジかー、あんな化物どうすりゃいいんだよ。

『他に道はないんでしょうか？』

『私どもが封印されていたような部屋の場合、たどり着く道は一つしかございません。そして、あの扉がその唯一の道でございます』

ダメじゃん。あの化物がいなくならない限り絶対無理だよ。

『今回は諦めるっていうのはどうでしょうか？』

命あっての物種だ。先のセバスさんの言葉を信じるなら、盾がなくても脱出する方法はあるはず。

『その場合、生存確率が格段に低くなります。特に最後の場所は、彼がいないとなると、突破するのは相当難しくなるでしょう』

要はここをどうにかしないと死ぬよってことですか？　でもいくら何でもあれでは無理じゃ……

『セバス、何かいい方法はある？』

僕の迷いなど意に介さず、レヴィがセバスさんに質問する。

すると、セバスさん少し考えてから『一つ、良い方法がございます』と言って、突如人化した。って、レヴィと一緒で、セバスさんも突然人化するんだね。ついでにこのときレヴィも一緒に人化していたりする。

『まずは、これを見ていただけますでしょうか』

そう言うと、セバスさんはどこからともなく、宝石のような光を放つ拳大の物体を取り出した。

それは虹色に輝き、八面体にカットされたクリスタルような半透明の物体だった。

『これは？』

『こちらは転移結晶と呼ばれる魔道具でございます』

『転移結晶ですか……』

それって、またまたとんでもないものが出てきた気がする。

『左様です。こちらの転移結晶は魔力を通すことによって、別の地点に転移することができる魔道具でございます』

やっぱりすごい！　ん？　それじゃあ、それを使えば迷宮から出ることもできるんじゃないの？

そう思いセバスさんに聞いてみると……

『実は、こちらの転移結晶には致命的な欠陥がございます。転移先を指定できないのです。つまり、転移先はランダムで、どこに出るか全く分からないのです。街や平地などの安全なところに飛べればよいのですが、海の中や溶岩の中、場合によっては雲の遥か上空など、とても人が生きられない場所に転移する可能性すらあります。ですので、転移結晶を脱出に使うのはおやめになられた方がよろしいかと』

そりゃそうか。確かに使えるなら最初から当然使ってるよね。

『じゃあ、その欠陥品をどうやって使うんですか？』

『転移結晶をあの魔物に使用いたします。これは、飛ばす範囲を迷宮内に収める程度の調整ならできます。それを利用すれば、あの魔物を外に出すことなく、迷宮内の別の場所に飛ばすことが可能でございます』

なるほど、それならなんとかなるか……

『ちなみに、どうやってあの化物に転移結晶を使うんですか？』

『転移結晶は、魔力を込めると五秒ほどで発動いたします。この時間差を利用してあの魔物――エルダートロールの纏ったぼろ切れの胸元に投げ込み、すぐに距離を取る……という方法が良いかと』

確かに隙間だらけのぼろ切れなら、胸元に投げ込むのも決して難しくはないか……。それにトロールなら動きも遅そうだし……。ん？　そういえばあのトロール、エルダートロールって言ってたよね。

『すみません、質問なんですが、エルダートロールって聞いたことがない魔物なんですが、いったいどういった魔物なんでしょうか？』

『エルダートロールは、トロール系の上位種でございます。特徴は普通のトロールとさして変わりませんが、全ての能力がトロールよりも高くなっていると考えていただければいいかと。ちなみに、あちらの個体のレベルは二百八十ですので、それ相応の能力を持っているものと考えられます』

『………』

いやいやいや、レベル二百八十って無理だよ。遅いって言っても、絶対僕より速いだろうし、近づいた時点で死亡確定だと思う。

『それって僕的には絶対無理かなあって思うのですが？』

『多少の危険はございますが、充分可能な範囲かと』

セバスさんの中では可能なんだね……

『レヴィはどう思う？』

『クラウドなら絶対大丈夫だよ』

うわ、絶対大丈夫がまた出たよ。聞くんじゃなかった。

『あ～その目、クラウド、ボクの言うこと信じてないよね。今回は適当じゃなくて、ちゃんとした根拠があって言ってるんだよ』

ということは、前回の絶対大丈夫には根拠がなかったってことだよね……。まあいいや、聞くだけ聞いてみよう。

『で、その根拠ってのは？』

『【アサルトブースト】だよ。ある程度近づいたところで転移結晶を使ったら、後は【アサルトブースト】で逃げれば問題ないよ』

どう完璧でしょ、と胸を張るレヴィ。

どうなんだろう？　なんだかとても脳筋の臭いがする。

『セバスさんはレヴィの案、どう思いますか？』

セバスさんはしばし考えてから『成功する可能性は高いと思われます』との意見を述べた。だがその後、ただしと付け加え『少しでも躊躇すれば危険度は一気に跳ね上がりますが』と僕の目を見て言った。

要は僕次第ってことか。

しばらくの逡巡の後、僕はセバスさんの目を見て『やります』と答えた。


廊下を覗き込むと、そこには右手に棍棒を持ち、茶色いぼろ切れを纏った、天井に届かんばかりの筋骨隆々の青黒い巨人が立っていた。エルダートロールだ。

さっきまでセバスさん経由でその姿を見てはいたが、直接自分の目で見ると、先程見た映像との迫力の違いに足が震えてきそうになる。というか、今からあれに向かっていかないといけないのか……

『クラウド様、準備が整いました。これを』

廊下の先を覗く僕に、そう言ってセバスさんが渡してきたのは、虹色に輝く転移結晶だ。

ちょうど今転移結晶はセバスさんの手により、転移範囲をこの迷宮内に限定してもらっている。もしこれをしていないと、エルダートロールがどこに飛ぶか分からないからだ。レベル二百八十の化物が、もし街中に転移しようものなら、街一つ軽く滅ぶだろう。

そんな化物に、今から向かっていかなければならないと思うと、すごく気が滅入る。

……はあ、仕方ない行くとするか。

覚悟を決めた僕は、エルダートロールに向けて一気に走り出す。

レベル四の僕は決して足が速いわけじゃない。それでも奇襲ならなんとかなる。きっと……

みるみる近づくエルダートロールの巨体。反応は鈍い、これならいける。そう思ったときだった。

突如鼓膜を震わす大音量の咆哮。その瞬間、僕の体は硬直する。

いったい何が起きたんだ⁉ 体が全く言うことを聞かない。それどころか震えが止まらない。何なんだよ。訳がわからない。怖い怖い怖い……。ダメだあの化物が来る。誰か‼ 誰か助けて‼

「うわぁァァァァ」

どうすれば⁉ どうすればいい⁉ 分からない。死ぬ。このまま死ぬ死ぬ‼

『クラウド様、落ち着いてください』

『クラウド！ クラウド‼ しっかりして‼』

「ムリだよ、ムリだよ、ムリムリムリムリムリムリ」

『セバス。クラウドはダメだ。強制的に【アサルトブースト】を使うから援護をお願い』

『了解しました。すぐに脱出を。クッ！』

僕の眼前で、エルダートロールが木の幹のような棍棒を振り上げた。

殺される！ そう思ったとき、僕とエルダートロールの間に、蒼い半透明の結晶石が現れた。そして次の瞬間、その結晶石が結界を張り、振り下ろされた棍棒を防いだ。だがそれもつかの間、結界は一撃で粉砕され、エルダートロールは追撃するべく再び棍棒を振り上げる。

やっぱりダメだ。再び絶望が頭をよぎる、だが、レヴィの声が頭に響いた。

『【アサルトブースト】!!』

体の中から一気に魔力が抜ける感覚と同時に、エルダートロールとの距離が急激に離れていく。

さらに追い縋ろうとするエルダートロールの前に、白く光る物体が現れ、弾けるように閃光を放った。

――ウガァァァ!! ウガァァァ!!

眼前で激しく弾けた閃光を直視したエルダートロールは、両目を押さえのたうちまわる。

その間に僕は、レヴィとセバスさんに引き摺られ、戦闘開始地点に戻った……

「クラウド! しっかりして!」

人化したレヴィが僕の肩を揺らして何か叫んでいる。何がなんだか分からない。それどころか、心の底から湧き上がる恐怖で震えが止まらない。

「おそらくエルダートロールの咆哮により、恐慌状態に陥ったのでしょう」

セバスさんも僕のことを見て何か言っているようだけど、全く理解できない、頭が働かない。今、僕の頭の中は、ただただこの場から逃げ出したいという気持ちでいっぱいだ。なのに体が言うことを聞いてくれない。

「マズイね。このままだと、トロールが目潰しから復活したら……。しゃーない」

次の瞬間、甲高い破裂音とともに、鋭い痛みが僕の左の頬を襲う。

「――ッ!?」

えッ!?　何!?　何が起こっているか分からないところに、さらに乱暴に胸倉を掴まれた。

「クラウド！　君、男の子でしょ！」

「なッ、レ、レヴィ……？」

「ここは迷宮なんだよ！　迷宮ってのは本気でビビったらそこで終わりなんだよ！　もし本当に生きたいなら、それに打ち勝って自分の足で立つしかないんだよ！　それができないような奴は死んでいくだけなんだよ！」

レヴィの言葉は、パニック状態の僕の心になぜか染み込んできた。

そうだ。ここには僕しかいないんだ。いくらレヴィやセバスさんがいてくれたとしても、僕が恐怖で動けなくなれば、死ぬのは自分なんだ。それどころか、僕が死んだ後、レヴィやセバスさんがどうなるかも分からない。

「クラウド様、これを」

僕が落ち着きを取り戻したのに気が付いたようで、セバスさんが赤色のポーションを渡してくれた。さすがセバスさん、こういったところはそつがない。

「……これは？」

「マナポーションでございます。レヴィや私が無理やり【アサルトブースト】や魔道具を使いましたので、クラウド様の魔力は一気に枯渇状態になっています。ですので、こちらで魔力を回復していただければと」

　そう言えば、さっき周りで色々起きてた気が……。それに、やたらと体が重いし、頭もぼーっとする。これが魔力の枯渇状態ってやつか。

　セバスさんからマナポーションを受け取り、一気に飲み干す。すると、体の重さは嘘のように消え、意識がハッキリしてくる。さすがマナポーションだ……。ん？　マナポーション？　マナポーション!?

　ちょっと待ってよ。マナポーションなんて、一本金貨一枚するような超高級品じゃないか!!　今の一本で、僕の一ヶ月分の給料が飛んでいくレベルだ。いくらぼーっとしていたとはいえ、僕はなんてものを飲んでしまったんだ。

「クラウド！　戻ったなら急いで。トロールがもうすぐ目潰しから復活するよ！」

　そうだった、確かにマナポーションはもったいなかったけど、今はそんなことを言ってる場合じゃなかったんだ。

「セバスさん、まだ転移結晶の範囲限定設定は生きてますか？」

「問題ございません」

そう言ってセバスさんは、僕に虹色に光る転移結晶を渡した。

よし、今度こそ絶対成功させる。そう心に誓い、転移結晶を右手に握り込んだ。そして、レヴィとセバスさんが人化を解くと同時に、エルダートロールに向けて僕は走り出した。

再びみるみる近くなるエルダートロール。それにつれて、先ほどの恐怖が再び頭をもたげてくる。だがそれを無理やり抑え込む。

エルダートロールの目はかなり回復してきたようで、迫りくる僕をしっかりと認識している。

僕は走りながら転移結晶に魔力を込める。転移結晶はそれに伴い、強烈な虹色の光を放ちはじめる。

『クラウド様、今でございます』

セバスさんの言葉を受けて僕が投げた転移結晶は、虹色の光のアーチを描いてエルダートロールの懐(ふところ)に飛び込んでいく。

よっしゃー、うまく言った――。って、マズイ！　エルダートロールが棍棒(こんぼう)を振りかぶってる。

クソッ！　引き返す余裕はない。ならもう前進するしかない!!

「【アサルトブースト】!!」

鞘(さや)に収めたままのレヴィを前方に突き出して叫(さけ)ぶ。急激に加速した僕の体が向かった先には、エルダートロールの巨体。

「抜けろォォォォォ」

急加速して突撃する僕の頭上を巨大な棍棒がかすめ、先ほど僕が立っていた石畳を激しく殴りつける。

僕の体は突き進み、エルダートロールの股の間に突撃していく。同時に、エルダートロールを中心に虹色の光が球状に一気に広がった。

急げ！　あれに触れたら僕も一緒に飛ばされる。

「うおぉぉぉー」

球状に急激に広がる光のわずか数ミリ下を、僕の体はギリギリですり抜ける。

抜けた！　そう思った瞬間、僕はバランスを崩して転倒、勢いそのままに廊下を転がっていった。

「痛っつー！　ってそれどころじゃない！　エルダートロール！　エルダートロールは!?」

いない？　どこにもいない？　成功した、のか？

『おめでとうございます。エルダートロールの転移を確認いたしました。これでもう安全でございます』

『やったね～クラウド。ホントはやればできる子じゃん。一応見直したよ』

セバスさんやレヴィが何か言ってるけど、あまり頭に入ってこない。でもたぶんこれって、作戦が成功したってことでいいんだよね。

現状、目の前に続く廊下には、エルダートロールの姿はない。

「本当に終わった、のか……」

そう呟(つぶや)いたとき、二人の声が再び頭の中に響いた。

『はい、お見事でございました』

『ホント頑張(がんば)ったね、クラウド。お疲れ様』

なんだかその二人の声を聞いた瞬間、ようやくここで僕は生き残れたんだと確信することができた。

「レヴィ、セバスさん……。二人ともありがとう」

そして、僕はやっと二人にお礼を言うことができたのだった。

扉を開けると、そこには真っ白な大理石で作られた美しい廊下が続いていた。なんかもう見慣れてきたな。

レヴィクラスのアイテムが封印されている部屋に続く廊下って、みんなこんな感じなのかな？

そんなことを考えながら廊下を進んでいくと、再び最近見慣れてきた白金の扉が現れた。思ったよりも苦労しただけに、何やら感慨深いものを感じてしまう。

「ね～ね～クラウド、ぼーっとしてないで早く入ろうよう」

突然の声に「うわっ！」と横を見ると人化したレヴィが。……っていつの間に人化したんだよ。

「いきなり人化しないでよ、ビックリするからさ」

ホント心臓に悪い。特に静まり返った場所なだけに余計だ。

「さっきも思ったけど、クラウドって、やっぱりビビリだよね～」

くぅぅ、言い返せないだけに悔しい。

『レヴィ、いい加減にしなさい。ここはS級迷宮の中なのですよ。もし魔物に見つかればクラウド様に危険が及ぶのです。そのことを、あなたはしっかり理解しなければいけません』

「うっ……。は～い」

一応返事はしているけど、頬を膨らませてかなり不服そうだ。

『クラウド様、失礼いたしました』

そんなレヴィとは対照的に、セバスさんは申し訳なさそうだった。

「いえいえ、なんと言えばいいのか、ありがとうございます」

セバスさんがいなかったら、僕ってレヴィに振り回されてばっかりになっていた気がする。

これから会う盾の者さんは、セバスさんみたいな人（？）がいいなあ。

「それじゃあ、開けるよ」

そんな思いを込めて、僕は白金の扉に手をかけた。

やはりというか、扉の奥はレヴィやセバスさんがいた部屋と全く同じ造りになっていた。純白の部屋の中央に、円形の台座がある。

そんな台座の中央にはセバスさんが言ったように、盾が一つ立てられていた。壁も何もないのにどうやって立てているんだろう？

盾は、ラウンドシールドと呼ばれる丸い形をしている。色は漆黒（しっこく）と言っていい黒色。盾の正面には金色で大きく十字が描かれている。僕的にはすごくカッコいいデザインだと思う。

直径で約一メートルくらいの大きさはあるだろうか。なんだかすごく重そうだけど、僕に持てるかな？

「あれ～、イジスじゃん。ね～ね～セバス。あれってイジスだよね？」

イジス？　聞いたことない名の盾だな。というかその前に、名持ち（ネームド）の盾なんて一つも知らないけどね。

「さすがに覚えていましたね」

いつの間にか人化したセバスさんが、レヴィの問いに答えた。

突然人化するのは慣れるしかないのかな。ただ緊急の場合を除いて、魔物が出るところではやめてもらおう。心臓に悪いから。

「当たり前だよ。気づかないわけないじゃん」

そんなことよりも、二人の会話からすると、どうやらこの盾はセバスさんだけじゃなく、レヴィとも知り合いみたいだ。

「ねえ、二人ともこの盾と、どういう関係なの？」

我慢できずに思わず聞いてしまった。

「彼はエルザ様の仲間であられた、バーズ様の盾であった者でございます。言わば私やレヴィにとって戦友とも呼べる存在の知性魔道具（インテリジェンスアイテム）でございます」

「そうそう、友達だよ」

バーズって……。英雄エルザの盾として、邪神戦争をともに戦い抜いた英雄の一人じゃないか。確か黒壁（こくへき）の二つ名で呼ばれていて、復活した邪神フォロリスの攻撃も防いだっていう逸話が残っているほどの英雄だ。

「……ということは、このイジスさんって盾も、当然すごいランクなんですよね？」

たらりと汗が流れる。やっぱり僕はビビリなのかも。いや、この場合は小心者って言うのが正しいかな。

「アイテムランクは、我らと同じでＳＳＳランクでございます」

うん、そうだろうね。もう聞く前からなんとなく分かってたよ。

でも、最高ランクの防具が仲間になってくれるのなら、この迷宮からの脱出が一気に現実味を帯びてくる……気がする。

「クラウド、早く封印解除しようよ。イジスも待ってるだろうし」

「それがよろしいでしょう。クラウド様、よろしくお願いいたします」

そうだね。よし、やりますか。

「では、さっそく封印を解きます」

僕は盾に両手を置くと、ゆっくり魔力を注ぎ込んでいく。すると黒かった盾は眩いばかりの光を放ち、僕をも包み込んでいく。

なんだろう？　この光ってすごく温かくて心が安らぐ。そういえばレヴィやセバスさんのときも、こんな感覚だった気がするな。……いや、レヴィのときはそうでもなかったわ。弾き飛ばされたんだし。

やがてその光が収まると、そこには全身に黒い金属鎧を身に着けた筋骨隆々の男が立っていた。左腕に漆黒のラウンドシールドを持ち、右腕にはヘルムを抱え、威風堂々と。

見た目の年齢は三十前後だろうか？　くすんだ金髪を短髪にした、いかにも歴戦の戦士といった感じの精悍な顔付きの男だ。うん、セバスさんとはまた違った意味で、すごく頼り甲斐のある雰囲気を持った人だ。ちょっと安心したよ。

男は身に着けているはずの金属鎧の音を一切立てず、流れるような動きで片膝をつくと、臣下の礼をとった。

「この度は拙者の封印を解いていただき、誠にありがたき幸せ。拙者、名をイジスと申します。今後、主の盾となり、必ずお守りいたす所存。以後お見知りおきを」

なんか、ものすごくかたくるしい人だ。でも、守ってくれるっていうのはすごく心強い。見た目も力強そうだし、僕としては嬉しい限りだ。

「イジスさん、僕はクラウドと言います。まだまだ弱いので、色々ご迷惑をおかけするかもしれませんが、これからよろしくお願いします」

「御意。ありがたきお言葉」

まさに、騎士の鑑といった感じの人だな。人じゃないけど。

「やっほ～、イジス。久しぶり」

そこにやたら軽い口調で、レヴィがイジスさんに声をかけた。

「ほお、エルナバーナではないか。お、それにセバス殿まで」

今まで僕しか見ていなかったようで、イジスさんは声をかけられて初めてレヴィとセバスさんの存在に気が付いたらしい。

「お久しぶりですね、イジス。私たちも今、クラウド様にお仕えしている身なのですよ」

「卿らも主にお仕えしておったのか。これはなかなか面白い縁であるな」

そう言いながらニヒルな笑みを浮かべ、満足そうにイジスさんは頷いている。ダンディだなあ、僕も将来あんな風になれたらいいなあ。

「今度は一緒のご主人様だね。よろしくね。あ、あとボク、エルナバーナじゃなくてレヴィって名前になったから、これからはレヴィって呼んでよね」

なぜか自慢げに胸を張る。お、レヴィさん意外に大きいですね。何がとは言わないが……

「そうであったか、あい分かった、レヴィ、今後ともよろしく頼む。それにセバス殿もな」

「うん、よろしくね」

「こちらこそ、貴方のことを、頼りにしておりますよ」

なんかこういうのいいなあ。仲間とか戦友とかちょっと憧れる。

「しかし、すでに千年も経つというのに、卿らは少しも変わっておらんな」

「そうかな？　そういうイジスも、全然変わってないように見えるよ」

セバスさんも頷いている。というか、三人とも知性魔道具なんだから、そもそも歳とかとらないんじゃないだろうか？　それとも、人化できる知性魔道具は違うのかな？　いや、千年経っても見た目が変わってないなら、やっぱり歳はとらないんだろう。

「うむ、そうかそうか。変わっておらんか、そう言ってもらえると、拙者も嬉しいぞ」

すごく満足そうだ。なら僕としてはその辺はスルーでいいだろう。どうせこれからも歳をとらないだろうし。

「さあ、挨拶もこの辺にして、今後のことを相談したいと思いますが、クラウド様、よろしいでしょうか？」

再会の挨拶もそこそこに、セバスさんはこれからのこと、つまり迷宮からの脱出に向けての話に切り替えてきた。当然僕に異存はない。

「はい、よろしくお願いします」

僕の返事に一つ頷き、セバスさんは脱出に向けての具体案を話しはじめる。

「まずここは、現在迷宮内の百層に位置します」

はい？　百層？　今セバスさん、普通に百層って言ったよね。いやいや、それ絶対脱出無理じゃね？

「これは大変運が良いと言えるでしょう」

えっとどういうこと？　どのあたりが運良いって言えるわけ？

僕が顔全体を？マークにしていると――

「申し訳ございません。少々説明が不足しておりました。まずこのような迷宮には必ず、一層に繋がる転移魔法陣が二十層ごとに存在しております。当然、百層であるこのフロアにも、一層に繋がる転移魔法陣が存在しております」

なるほど、これが九十層や百十層とかなら、上か下に十層分移動しなければならない。百層ということは、この階層の移動だけで転移魔法陣にまでたどり着けるから、各段に脱出成功率が上がるわけだ。確かにそれなら少しは運が良いのかもしれない。まあ、百層ほど深いところに出てくる魔物は強力なやつばかりだから、素直に喜べないけど。ただ、レベル四の僕からしたら、一層にしても百層にしても、同じなんだよね。戦えば即死という意味で。

僕の表情を見て、理解できたと判断したようで、セバスさんは話を続ける。

「転移魔法陣の場所はすでに分かっておりますので、一層までは特に問題ないと思われます。また、一層の地図も頭に入っておりますため、出口までも問題ございません。ただ、魔物には十分に注意する必要はありますが」

なんかすごい自信だけど、エルダートロールのような状況だけは勘弁して欲しいな。今までみたいにそうそう運良く生き残れないだろうし。

「しかし、脱出するのに一つ大きな問題がございます」

セバスさんがわざわざ大きな問題って言うとなると、相当ヤバイってことだよね。

「それは、この迷宮の出入口にあたる部屋の、守護者の存在でございます」

えッ!? 迷宮に入ってすぐの部屋に、守護者がいるってことなの？ そんな迷宮があるなんて初めて聞いたよ。

「出入口に守護者がいる迷宮なんて、聞いたことありませんね」

「私もここの迷宮以外では存じておりません。おそらく、本来の迷宮の守護者ではなく、我々のことを封印した魔族が設置したものだと思われます。実際、この迷宮にいる他の守護者と比べてもレベルが低く、魔物としての格も落ちております」

そっか、それは朗報。あのケルベロスみたいなのがいたら、どうしようもないからね。みんなもいるし、これなら少しは安心できるかな。

「守護者の名前はガルム、狼型の魔獣でレベルは約三百、この百層クラスの魔物でございます。一層と考えれば、かなり上位クラスの魔物となるでしょう」

いや、全然安心できませんでした。S級迷宮なんだから、当然と言えば当然なんだけど……

「その魔物は、今までみたいに避けて通ることはできないんでしょうか？」

それが一番いい。最悪ケルベロスのときみたいに寝ているところをこっそり抜けるとか……。まあ、あのときは途中で起きてしまったので死にそうになったけど。

「残念ながら、出入口はそこにしかなく、またその部屋に入るとすべての出入口が塞がり、どちらかが倒れるまで、再度開くことはございません。いわゆる決着開放型の守護者部屋となります」

うわあ、絶望的だ。レベル三百の魔物を相手に、レベル四の僕がどうあがいても、絶対に倒せない。

いや、待てよ。エルダートロールに使った転移結晶を使えば……そう思ってセバスさんに聞いてみると「守護者部屋には結界が張られており、転移結晶を使うことができません」との答えが……

ダメじゃん。

「それって、つまりもう脱出は無理ということですよね」

そう言って落ち込む僕に、セバスさんは希望の言葉を投げかけてくれた。

「そうとも限りません。脱出する方法はございます。そのために、ここにレヴィとイジスがいるのですから」

そう言ってセバスさんは、彼にしては珍しく、したり顔を僕に見せた。

「二人とも、本当にそんなことできるんですか？」

セバスさんの作戦を聞いた僕は、その作戦の肝となるレヴィとイジスさんに聞いてみた。

「一回だけならできるよ。ただ、うまくいくかは使い手のクラウド次第だけどね」

「拙者も、一度だけならば可能ですな」

二人がそう言うのであれば、この作戦は充分可能なんだろう。でも、ハッキリ言ってすごく怖いです。二人の力を疑うわけじゃなく、作戦が二人の使い手である僕次第というところが限りなく不安を誘う。だって、実際エルダートロールのときにも一回やらかしてるし。ようするに、自分が一番信用ならないってこと。

そもそも今まで全くと言っていいほど、戦闘というものに関わりのない人生を歩んできているのだから仕方ないことだよね。……たぶん。

「クラウド様、タイミングさえ間違わなければ問題ございません。そのタイミングも、僭越ながら私めが指示をさせていただきます。ですのでご安心いただければと」

そうだよね。どうせここにいても、いずれ餓死しちゃうんだし、少しでも助かる可能性があるなら、それに賭けるしかないよね。

「セバスさん、ありがとうございます。僕、できる限り頑張ってみます」

「それでこそ、クラウド様でございます」

生き延びられるかは分からないけど、せっかく助かるチャンスをこの三人が与えてくれたんだ、最後のときまで諦めずにもがいてやろう。

決意を新たにした僕は、レヴィの「しゅっぱ～つ！」との掛け声を背に、ついに迷宮脱出に向けて、部屋から一歩踏み出した。

◆脱出への道◆

『クラウド様、少々お待ちください』

薄暗い石造りの廊下を進む中、セバスさんから不穏な言葉が飛び出した。

うわあ、嫌な予感しかしないよ。さっき、このまま廊下を行けば転移魔法陣がある部屋ですってセバスさんは言ってたよね。しかもここは一本道で、脇道なんてないよ。もう嫌な予感というよりも、嫌なことが確定しているんじゃないかと思う。それでも聞かざるを得ないんだけどね。

『セバスさん、何がありましたか？』

「何か」ではなく「何が」と聞いたのは、ここまでのセバスさんの感じからして、何かがあるのは確実だと思ったからだ。

『転移魔法陣の部屋に、魔物が一体入り込んで巣を作っているようです』

迷宮産の魔物でも巣を作るんだ。知らなかった。……って、そんな呑気なことを考えている場合じゃなかった。

『どんな魔物ですか？』

『ブリッツバード。レベル百八十。体長一メートルほどの鳥型の魔物でございます』

『ブリッツバード？　あー、あの電撃鳥か』

セバスさんの言葉に反応したのはレヴィだった。

『ブリッツバード……電撃鳥……』

聞いたことがある。ブリッツバード、別名電撃鳥と確かに呼ばれているが、特に電撃を使うことはないらしい。むしろ魔法系の能力は一切使わず、物理攻撃——一直線に突撃を繰り返してくるだけだったはずで、いわゆる脳筋系の魔物だ。ただし聞いた話だと、その突撃が尋常じゃない威力で、噂を信じるなら、ノーマルトロールの分厚い腹に、一撃で風穴を開けられるほどだという。僕がそれをくらったら、間違いなく一撃で爆散するだろうな。

『エルダートロールのときみたいに、転移結晶でなんとかなりませんか？』

それができれば一番いい。エルダートロールのときもうまくいったのだし。

『正直申しまして不可能かと。根本的に、ブリッツバードはエルダートロールと違い、的が小さい上に、スピードに特化した魔物です。そんなブリッツバードを転移結晶で飛ばすのは、間違いなくなく無理でしょう』

そりゃそうか。確かにエルダートロールは比較的動きも遅く、的も大きかった。だから、なんとかギリギリ成功することができた。でも動きが速く、的も小さな魔物となると、ハッキリ言って相当難しい。いや、不可能だと思う。

『じゃあどうすれば？』

『理想論を申しますと、ブリッツバードを刺激しないように転移魔法陣まで移動し、素早く転移を発動させることでしょう』

確かに、うまく避けられるならそれが一番良い。

『だけど、そんなことが可能なんですか？』

『巣に留まった状態のブリッツバードであれば、可能性は多少なりともございます。ただし、あくまで理想論ですので、ブリッツバードが攻撃を仕掛けてきたときの対処法も、合わせて考えておく必要があるでしょう』

やっぱり、そうそううまい話はないよね。

『ちなみに、ブリッツバードが襲ってくる可能性はどれくらいでしょうか？』

『五割程度かと思われます』

……うん、微妙だね。これは襲われる前提でいた方が良い気がする。

『ね～セバス。ブリッツバードが巣にいるんなら、そこに転移結晶を投げ込んだらダメなの？』

お、レヴィにしては良いアイデアじゃないか。

『やめておいた方が良いでしょう。簡単にかわされるのが落ちでしょうし、かえって怒らせるのが関の山でしょう』

『な～んだ。良いアイデアだと思ったのにな』

僕もだよ。期待して損した。

『セバスさん、もし襲ってきたときはどう対処すれば良いでしょうか？』

逸れた話を本筋に戻そう。

『もしブリッツバードが襲ってきた場合、まずブリッツバードの動きを封じる必要が出てくるでしょう』

レベル百八十の魔物の動きを、どう封じろと……

『襲ってきたら転移魔法陣に駆け込んで、一層に逃げるとかできないんでしょうか』

『不可能と言って良いでしょう。なぜなら、転移魔法陣を発動してから実際転移するまでに三十秒ほど時間がかかります。それだけの時間があれば、ブリッツバードは間違いなく攻撃を仕掛けてきます。そうなった際、転移発動中の私たちには対抗する術がございません』

『じゃあ、襲ってきた場合はどうすれば？』

『拙者の能力を持って主をお護りいたす』

『私もそれが良いと』

『イジスさんの固有能力で、ですか？　もしかしてガルム戦に使う能力のことでしょうか？』

『いや、あれは一日に一度しか使うことのできぬ、拙者の切り札とも言える固有能力。ゆえに今回使うのは、別の固有能力となりますな』

そもそも固有能力ってなんだって話だけど、それは強力な力を持つ武具やアイテムなど——魔導具の特殊な能力のことだ。種類は千差万別で、攻撃系や防御系、他にも強化系や特殊系など、色んなタイプがあることが知られている。

ちなみにレヴィの【アサルトブースト】もこの固有能力にあたる。レヴィに僕の魔力を通すことで急加速することができる能力だが、この固有能力の本来の使い方は、突撃攻撃用だったりする。要は僕が弱すぎるので、本来の使い方と反対の逃走用に使っていたわけだ。

『違う固有能力って、どんな能力なんですか？』

かなり興味津々（しんしん）だよ。

『今回有効と考えられる固有能力ですと【マテリアルカウンター】が良いかと愚考いたします』

『どんな能力なんですか？』

『ひと言で言えば、物理攻撃反射ですな』

おお、そんなことできるんだ。すごい、さすがＳＳＳランクの盾だ。

『そんな能力があったんですね！　最悪それがあれば、魔物と出遭（であ）ってもなんとかなりそうですね』

もっと早く教えてくれてもいいのに。

『それは少々難しいでしょうな。この固有能力は、一度使うと再使用までに一時間以上時間を空けなければなりませぬ。さらに、物理攻撃のみに有効で、魔法攻撃には一切対応できぬ制約があるのです』

『……はあ、そうでしたか』

やっぱり強力な固有能力になればなるほど、キツイ制約が付きまとうんだな。【アサルトブースト】なんて、魔力があれば使い放題なのに。

『タイミングもかなりシビアですので、その点もお気を付けください』

追加で情報提供してくれたのはセバスさんだ。

『タイミングが狂うと、どうなりますか？』

『反射できなかった分だけ衝撃が突き抜けてまいります』

なにそれ、怖いんですが……。しかも、そんなタイミングがシビアでリスキーな固有能力をぶっつけ本番でやれと……。いや、やらないとダメなのは一応理解はできるんだけど……

『……危険なのは理解しました。でもそれができれば、襲われてもここを突破できるんですよね』

ここまで来たらやるしかないよね。

『いえ、おそらくそれだけでは突破できないでしょう』

……セバスさん。今なんと言った!?

『イジスの【マテリアルカウンター】で一時的に動きを止めることは可能ですが、転移完了まで動きを止めていられるかとなると、まず不可能と言わざるを得ません』

『不可能、ですか……』

『ですので、ここで私の固有能力も使わせていただきます』

おお、セバスさんにも固有能力が……って、SSSランクの知性魔道具(インテリジェンスアイテム)なんだから当たり前か。

でも腕輪のセバスさんの能力って……

『セバスさんの能力とは、どういったものなんですか？』

『固有能力名は【魔糸(まし)の緊縛(きんばく)】。能力名通り、敵を一時的に拘束する能力でございます。拘束するのに少々時間がかかりますが、一度拘束することができれば、対象を一分半ほど拘束することが可能となります。ただし、物理的に拘束するだけで、魔法や特殊攻撃を阻害することはできませんので、注意が必要でございます。今回のブリッツバードは物理攻撃特化の魔物です。問題はございませんが』

確かに便利そうだけど、使いどころが限定されそうな能力かも。しかしセバスさんの固有能力は、レヴィやイジスさんみたいに直接戦闘に関わるようなものじゃないんだな。まあ、他にもありそうだけど。

『つまり、イジスさんの【マテリアルカウンター】でブリッツバードの動きを止めて、セバスさんの【魔糸(まし)の緊縛(きんばく)】で拘束したら、その間に転移魔法陣を使って一層に移動するってことですね』

『左様でございます。ただし、襲われないようでしたら、そのまま転移魔法陣を使えばよろしいかと』

そりゃそうだ。わざわざ危ない目に遭う必要はないしね。

『クラウド～まだ行かないの？　飽きてきちゃった』

こっちは生きるか死ぬかの話をしているにもかかわらず、相変わらずレヴィの奴は……とはいっても、実際ここで話しているだけじゃあ何も始まらない。ならば進むしかないか。

『レヴィ、分かったよ。じゃあ、セバスさん、イジスさん、よろしくお願いします』


踏み入れた転移魔法陣の部屋の広さは、レヴィたちがいた部屋とほぼ同じくらいだろうか？　部屋の形は正方形、壁や床は廊下と同じで、灰色の石造りだった。そんな部屋の床の中央には、石畳に直接彫り込むように、大人が二人腕を広げたほどの直径の魔法陣が刻み込まれていた。

さてと、問題のブリッツバードだが……

いた。部屋の左奥隅、天井付近に魔物の骨らしきもので組み上げられた、鳥の巣のようなものがある。そこからブリッツバードが少しだけ顔を出し、警戒するように僕のことを観察しているみたいだ。

これ以上ブリッツバードを見るのはやめよう。刺激しないとも限らないしね。ブリッツバードのことはセバスさんに任せて、僕は転移魔法陣に集中だ。

部屋の中は静まりかえっており、僕の足音だけがかすかに響いている。

廊下を歩いているときも同じような状況だったはずなのに、魔物がそばにいるだけで、そんな音でさえうるさく感じてしまうから不思議だ。

よし魔法陣まであと半分。セバスさんが何も言ってこないということは、ブリッツバードはまだ動いていない。大丈夫、僕は大丈夫だ。このままいけば何事もなく転移魔法陣までたどり着ける。

残り三分の一。魔法陣はもう目と鼻の先だ。魔法陣まで一気に走りたいが、ここは我慢。ここで走ってブリッツバードを刺激してしまったら、今までの努力が全て無駄になる。

そんな、あと少しというときだった。

ガザッと、ブリッツバードの巣の方から音がした。思わず、本当に思わず体が反応し、音のした方に視線を向けてしまった。

視線の先には、巣に留まり僕のことを観察するような視線を向ける、ブリッツバードの姿があった。そして、僕が顔を向けたことで合ってしまったのだ。こちらを見るブリッツバードの視線と。

『クラウド様!!』

――クワァァァァァァ!!

その瞬間、セバスさんの声と同時に、ブリッツバードが威嚇するようにけたたましく鳴いた。

しまった！　やってしまった！　クソッ、視線が合ったことで刺激してしまったんだ。

『クラウド様！　すぐに迎撃態勢を！』

そうだ、反省している場合じゃない。ここをなんとか切り抜けないと。大丈夫。ちゃんと対策して来たんだ。

――クワァァァァァァァ!!

ブリッツバードは再びけたたましい鳴き声を上げる。そして巣の上で立ち上がると、大きく翼を広げて、二度その場で羽ばたいた。

初めて見るブリッツバードの姿は、大鷲を彷彿させるものだった。全体的に黒褐色をしているが、翼の付け根と尾羽は白く美しい。黄色く鮮やかな嘴は、ブリッツバードをより精悍な姿に見せているようだ。

そんなブリッツバードは今、獲物を狙う猛禽類そのものの視線を僕に向けていた。

そして、広げた翼を、体とともに一旦蹲るように縮めた。

――来る!!

左腕に持つイジスさんを前面に押し出し、いつ襲ってきてもいいように、恐怖で震える両足を叱咤して踏ん張る。

ブリッツバードは突撃しかしてこない。常にブリッツバードを正面に捉えておけば、イジスさんの【マテリアルカウンター】で対応できるはず。

――来た!!

蓄えたエネルギーを一気に爆発させるように、ブリッツバードは巣から飛び出した。ただただ僕に向かって一直線に。

爆発音のような音を響かせ、ブリッツバードは一瞬で僕の眼前に迫る。

速い!!　間に合うか!?　そんな思いを胸に僕は叫ぶ。

「【マテリアルカウンター】!!」

僕の言葉に反応して、イジスさんが光る。そしてそれとほぼ同時に、ブリッツバードが突っ込んできた。

すさまじい衝撃がイジスさんを通じて伝わる。そう、衝撃が伝わってきてしまったのだ。

【マテリアルカウンター】は、タイミングがズレた際、反射できなかった分の衝撃がそのまま突き抜けてくる。

――しまった!!

イジスさんを持つ左腕を襲った衝撃が僕の全身をも襲った。

『クラウド!　早く起きてブリッツバードを縛って!』

ブリッツバードを縛る?　あっ、そうだった。でもブリッツバードは……

なんとか体を起こしてブリッツバードを見ると、【マテリアルカウンター】のダメージで動けなくなっているように見える。

『主よ、申し訳ない。一部衝撃が抜けてしまった』

いや、原因は僕だ。ブリッツバードのあまりに速さに、僕が反応しきれなかっただけだ。

「い、いえ……。イジスさんの……せいじゃ……ありま、せん」

クソッ!　ダメージが大きくてうまく口も体も動かない。今は念話を使うのもしんどい。

『クラウド様！　大丈夫でしょうか？』

左腕は折れていてダメだが、右腕は問題なく動く。足にも力は入らないが、なんとか動く。これならまだ、どうにかなりそうだ。

「大丈夫、です。なん、とか……最後まで、やって、みます」

痛みを堪えて立ち上がると、ふらつく足でブリッツバードのもとに向かう。

急がないと、ブリッツバードが回復してしまう。そうなったら今の僕じゃどうしようもない。

そして、ブリッツバードのそばにたどり着く。おそらく五メートルほどしか離れていなかったはずなのに、たったそれだけを移動するのに、気力をほとんど使い果たした気分だ。ただ、これで終わったわけじゃない。そう自分に言い聞かせ、ブリッツバードに右手をかざす。

「【魔糸の緊縛】」

振り絞るように言葉を発すると、右手から白い魔力で創られた細い糸のようなものが現れ、次々とブリッツバードに絡みついていく。

『クラウド様、作戦成功でございます。後は転移魔法陣で一層に飛ぶだけでございます』

『やったね、クラウド。やればできるじゃん』

『さすがは我が主』

ハハ、どうやらうまくいったみたいだ。ホントよかった。一時はどう、なる、かと……って、あれ？

『クラウド！』

『クラウド様！』

『主よ！』

三人の僕を呼ぶ声が頭の中に響く。いつの間にか僕は、うつ伏せに地面に横になっていた。……いや、倒れたんだ。

大丈夫だってみんなに言わないと……あれ？　声が、出ない、念話は、さすがに、しんどい。ダメだ、意識が、遠、のい、て、い、く。

『クラウド！　しっかりして!!　まだ終わってないよ!!』

『意識が混濁しているようですね。レヴィ、イジス、すぐに人化してクラウド様を転移魔法陣までお願いします。私はその間、クラウド様の覚醒を試みます』

『了解だよ』

『承知した』

みんなが何か言っているようだけど、何を言ってるんだろう、よく分かんないや。まあいいや、それよりもなんだかすごく眠いんだよ。このまま寝ちゃダメかな？　……もういいよね。

『クラウド様！　クラウド様、しっかりしてください！　このままではブリッツバードの拘束が解けてしまいます！』

「セバス、ポーション使ったら？」

『確かにポーションを使えばダメージは回復しますが、意識を回復させることはできません。それどころか、ダメージが回復したことでより深く眠ってしまう可能性があります』

「んー、ダメかー。残念」

「レヴィよ、話してる場合ではないぞ。急がねば」

「分かってるってば。イジスって昔から意外とせっかちだよね」

「卿とは違って真面目(まじめ)なのだ」

「まあそういうことにしておいてあげるよ。……ってセバス、転移魔法陣まで到着したよ。そっちはどう？」

『こちらは、現在クラウド様の魔力を回復しています。レベル四のクラウド様が、【マテリアルカウンター】【魔糸(まし)の緊縛(きんばく)】と連続して固有能力を使った上に、大きなダメージを受けてしまったのが、この意識混濁(こんだく)の原因になっています。ですので、まずはそちらの解消からです』

「セバス殿、急いだ方が良いぞ。ブリッツバードはすでに回復したようだ。このままでは【魔糸(まし)の緊縛(きんばく)】が解けた瞬間、主は殺される」

『それが、魔力回復と並行してクラウド様に呼びかけているのですが、まだ反応すら……』

「うぬぬ、タイムリミットは、転移発動時間を考えると、残り三十秒ほど。どうする？」

「ここはボクに任せてよ」

『レヴィ、どうするつもりですか？』

「ニヒィ、こうするのだ」

突然、僕の左頬に鋭い痛みが走る。

いったい何が、って、今度は右頬？　また左？　いったいなんだっていうんだ？

目を開けると、そこには右手を振り上げるレヴィの姿が――!?

「えッ!?　何？　何？　何なの!?」

「あ、起きた。見て見て、クラウド起きたよ。やっぱり寝た子を起こすには、ビンタが一番だよね～」

ちょっと待って。全然意味わからんのだけど……

『クラウド様、混乱中のところ大変申し訳ございませんが、転移魔法陣に魔力を』

転移魔法陣？　魔力？　周りを見ると、僕を中心に魔法陣が描かれている。さらに視線の先には、黒褐色の鳥の魔物が光る糸で縛られて、もがいている。……ん？　あっ！　思い出した!!

「すみません、すぐにやります」

そうだった。完全に寝ボケていた。ブリッツバードを拘束して、その間に一層に飛ぶんだった。

たぶん意識を失ったせいで、記憶が混乱しているんだ。

魔力を込めたことで、魔法陣は青白く光り出す。セバスさんの話だと、起動から転移するまでに三十秒はかかるはず。いったい僕はどれくらい意識を失っていたんだ？　間に合うのか？

「セバスさん。僕はどれくらい意識を失っていたんですか？」

『一分ほどだったかと』

一分って……【魔糸の緊縛】の拘束時間が約一分半で、意識を失っていたのが一分。転移魔法陣を発動してから転移するまで三十秒ってことは……ギリギリ、いや、転移魔法陣が発動するまでのタイムラグがあるからむしろ……。これは微妙どころじゃないんじゃないか？

時間が経つにつれて転移魔法陣の光は強くなり、それに反比例するようにブリッツバードを拘束する魔力の糸の光は弱まっていく。

うわーヤバげ！　もう待つことしかできないだけに、胃がチクチクするよ。

やがて転移魔法陣の光が頂点に達し、魔法陣そのものを白い光のカーテンが覆う。だが、それと同じくして、ブリッツバードを拘束していた魔力の糸は消え失せてしまった。

マズイよ！　転移まだ!?

ダメだ、ブリッツバードのあの目、完全に怒ってる。

突っ込んできたらどうする？　イジスさんで弾く？　ムリムリ、絶対無理。立つどころか、イジスさんを持ち上げることもできないし。

あれ？　レヴィとイジスさんは？　あ、いつの間にか人化を解いて装備に戻ってる。なんで？

そういえば、転移魔法陣の起動と同時に姿が見えなくなった気が……。たぶんそういうことか。

ちょっと待てよ。そんなことよりも、もしブリッツバードが魔法陣の中に突っ込んできた瞬間に、転移が発動したらどうなるんだろう？　もしかして一緒に一層まで転移しちゃうのか？　あ、でもどの道、魔法陣の中まで突っ込まれた時点で死亡確定だったわ。

ヤバイ、ブリッツバードがタメの体勢に入った。まだ!? 転移まだ!?

ホントにヤバイ!! 来る、来ちゃうよ!!

ブリッツバードが飛び出した瞬間、僕は目を閉じ神に祈る。

「神様、天神様あァァァ」

………ん？

あれ？ 何も起きない？ 生きてる？

周りを見回すと、そこは百層の転移魔法陣がある部屋と、全く同じ造りの部屋だった。ただ、違いがあるとすれば、ブリッツバードがいないことと、ブリッツバードの巣が見当たらないことだけ。

「助かった、のかな？」

茫然と呟くと『おめでとうございます。クラウド様』と、セバスさんの声が頭に響いた。そしてそれにつられるように――

『おつかれー、クラウド』

『主に傷を負わせるなど、拙者、一生の不覚。なんとお詫びすればよいか……』

と、レヴィとイジスさんの声が聞こえる。イジスさんのはほぼ謝罪の言葉だけどね。

しかしこれで実感した。色々あったけど、とにかく僕は生きたまま、一層にたどり着いたんだと。

現在僕らは、迷宮の出入口である、守護者部屋の扉の前にいる。

一層に着いてからの僕らは、今までの苦労がなんだったんだと思えるほど順調に、魔物と戦うことなくここまで来られた。

当然、何もなかったというわけではない。時には遠回りをしたり、時には隠れたり。これヤバくない？　って、思うことも何度かあったが、そこはさすがはセバスさん、あなたの言う通りにして本当に良かったよ。感謝、感謝、感謝である。

ましてや、一層到着後、怪我で動けない僕を、自前のライフポーションで一瞬で回復してくれたのだ。感謝してもしきれない。というか、あのライフポーション効き過ぎだと思う。普通のライフポーションでは、骨折が一瞬で治るなんてあり得ない。たぶん、エルザさんのときからの持ち物なんだろうけど、売ったらいくらになるのか、想像しただけでめまいを起こしそうだよ。と言いつつ価値を想像するに、マナポーションよりも確実に高いだろうな、と邪推してしまう。

他にもセバスさんのすごさを実感したことがある。

それは、一層のとある隠し部屋での休憩中のことだった。そのときセバスさんは、初めて会ったときのようにテーブルセットを広げたのだが、その後に続いて出てきたものに僕は絶句した。だって、貴族様が食べるようなフルコース料理だったのだ。もう唖然とするしかなかったよ。開いた口が塞がらないってこういうことを言うんだろうね。これを見たときの僕の感想は、セバスさんがいれば、もう脱出しなくていいんじゃないか？　だったが、それは僕だけの秘密だ。

まあそれはさておき、僕たちは外の世界まであと一歩のところまで来た。

目の前にあるのは、真っ黒な巨大な扉。僕の身長の三倍はあるんじゃないだろうか。雰囲気的にはケルベロスのいた部屋の扉と似た感じがするが、ケルベロスの部屋の扉との違いは、なんの彫刻も彫られていないってことだ。もしかしたら、こちらが裏側だからかもしれない。

『クラウド様、準備はよろしいでしょうか?』

扉を眺めていると、セバスさんが優しく声をかけてきた。

『は、はい、大丈夫、です』

さすがに緊張しているのか、念話なのになぜか噛んでしまった。それも仕方ない。この扉の向こうに待っているのは、レベル三百の魔物、ガルムとの戦いだ。それも、今までのような避けたり逃げたりするようなものではなく、倒すための戦いだ。レベル四しかない僕にとって、無茶にもほどがある話だ。まさに死地に行くような気分だよ。

『クラウド様、私どもが付いております。作戦通り動けば問題ございません。冷静に、クールに参りましょう』

『そうだよ、伝説の剣であるボクがいるんだから、もっと自信を持って大丈夫だよ』

『主よ、次こそは拙者がこの身に代えても、必ずや主をお守りいたします。ご安心いただき作戦を全うされよ』

なんだろう。SSSランクの装備だからってわけでもないと思うけど、みんなの言葉が僕に勇気を与えてくれる。みんながいれば絶対やり切れる。大丈夫、僕らは大丈夫だ。そう思うことができた。

　三者三様の激励の言葉を受け、僕の覚悟はようやく決まった。死地に赴くのではなく、希望に向けて一歩を踏み出すんだ。

「ありがとうみんな。じゃあ、行こうか」

　念話ではなく声に出してみんなに伝えると、僕は最後の守護者が待つ、眼前の巨大な扉に手をかけた――


　扉を開けるとそこには、円形闘技場のような空間が広がっていた。今までとは随分雰囲気が違うように思える。そう言えばセバスさんは、ここにいるガルムは元々迷宮の守護者ではなく、魔族が他から連れてきたものではないかと言っていた。もしかしたらこの場所も、魔族が造ったものなのかもしれない。

　しかし広い場所だ。直径で五十メートルはありそうだ。床には明るい砂色の石畳が広がっており、その床を暗い灰色の石壁が隙間なく囲っていて、逃げ隠れできそうな場所はない。

　そして――いた、ガルムだ！　部屋の奥からこちらを睨む鋭い金色の目。ドス黒い赤茶色の体は、高さだけでも僕の倍はあるだろうか。牙を剥き、唸り声を上げるその姿は、まさに野犬だな。

　そして、とにかくデカい。今からあれと戦わないといけないのか……。もう十中八九死ぬ予感しかしないよ。みんなが言うように本当に大丈夫なのかなと、思わず勘繰ってしまう。

『クラウド様、部屋に入って扉を閉めるまでは、ガルムが襲ってくることはありません。またその逆もしかりで、扉を閉めるまでこちらの攻撃がガルムに届くこともありません。つまり、この扉が閉まった瞬間が戦闘開始となります。良いですか？　チャンスは一度だけ、一瞬でございます。お覚悟を』

僕はセバスさんの言葉に一つ頷くと、右手にレヴィを持ち、左手に持った盾形態のイジスさんを前面に押し出し、部屋の中へと踏み出していく。

部屋の中に入ると、扉はゆっくり自ら閉まりはじめる。そして、戦いの合図をするかのように、巨大な扉はゴンッと鈍い音を響かせて、完全に閉じられた。

これでもう後には引けない。あるのは殺るか殺られるかだけだ。

僕はガルムから目を離さない。ガルムも僕から目を離さず、威嚇するように唸り声を上げながら、少しずつ僕に近づいてくる。

僕もイジスさんを構えると、一歩一歩ガルムに近づいていく。

息苦しい。汗が噴き出す。ただ歩いているだけなのに、まるで全力疾走した後みたいに呼吸が乱れてしまう。

落ち着け、落ち着け。ここで恐怖に負けてパニックを起こせば、確実に死ぬ。冷静になるのは無理でも、自分を見失うな。

自分の心を鼓舞しながら一歩、また一歩とガルムに近づいていく。

そして、それは突然始まった。

——グォオオオオオ!!

耳を劈くような咆哮を、ガルムが突然上げた。

ガルムの咆哮は部屋全体を震わせ、濃密な瘴気を充満させる。

——来る！　セバスさんが言っていた通りだ！

『今です！』

セバスさんの声が、ガルムが放つ咆哮の中でもはっきり聞こえた。

ここからが勝負だ！

「【パーフェクトシールド】！」

僕の言葉に呼応するように、イジスさんを中心に魔力の障壁が球体状に広がり、僕を包み込んでいく。

——来る!!

次の瞬間、僕の視界は漆黒の閃光で埋め尽くされた。

それは、ガルムの顎門から放たれたものだった。

けたたましい爆発音が響き渡ると、僕の周囲を漆黒の魔力が激しく渦巻き、すべてを破壊し尽くそうと暴れまくる。

スゴイ!!　周りがこんな状態なのに、それは僕に届いていない。

これがイジスさんの最強の固有能力、【パーフェクトシールド】の力なのか……。確かに事前に効果は聞いていたけど、これほどまでとはさすがに思わなかった。なにせ攻撃を防ぐどころか、風圧や周囲の熱すら伝わってこない。まるで別の次元から、外の惨状を見ているみたいだ。

この【パーフェクトシールド】で展開された魔力障壁は、物理、魔法、特殊攻撃を問わず、いかなる攻撃もすべて無効化することができる。

障壁の継続時間は術者の能力で変わるらしく、僕の今の力では、ガルムが放った漆黒の閃光――黒瘴波の効果時間とほぼ同等らしい。つまり、ガルムが攻撃を仕掛けた瞬間に展開しなければ途中で障壁は消え、僕は一瞬で消し炭になってこの世から消えることになる……らしい。何それ怖い、と聞いたときは思ったものだ。

さらにこの【パーフェクトシールド】は、強力な固有能力だけあって、一日に一度、正確には再使用までに二十四時間、間を空ける必要があるため、ここぞというときしか使えない。まあその〝ここぞ〟が、今回のガルム戦というわけだね。

とにかくそれが今回はうまくいった、と思う。セバスさんが何も言ってこないということは、きっと大丈夫なんだろう。一応、タイミング的に失敗したときは、セバスさんの指示で転移結晶を使い、一か八か飛ぶことにしていたからね。もしそのまま何もしなければ、確実に消し炭になるのを待つだけだから、それよりはマシだろうという程度だけど……

それはさておき、まずは作戦の第一段階が無事に終了したわけだ。よくやった。自分で自分を褒めてあげたい。

『ガルムの硬直状態を確認いたしました。第二段階にお進みください』

おし、セバスさんから第二段階移行の指示だ。やるぞ！

「了解です！　レヴィ、いくよ」

『いつでもどうぞ～』

こんな切迫した状況でも、レヴィは相変わらず気が抜けそうな返事をしてくれるよね。そのおかげで僕も多少リラックスできるんだけど。ワザとなのかな？　……いや、ないな。

「いくぞォ!!　【メギドソード】!!」

力強い言葉とともにレヴィの剣先をガルムに向け、一気に魔力を注ぎ込む。

次の瞬間、レヴィの剣身から太陽の光のような暖かみのある閃光が溢れ、それは光の束となり漆黒の閃光の残滓を斬り裂いて、ガルムを一瞬で呑み込んだ。

――ガアアアアアアア!!

光に呑み込まれたガルムは、耳を覆いたくなるような断末魔の叫びをあげながら、少しずつその体を崩壊させていく。

すごい……。すご過ぎる。聞いたときは半信半疑だったけど、これは聞いていた話以上だ。

たった、そう、たった一撃で、レベル三百の魔物が消滅していく。それもレベル四の僕程度の魔力だけでだ。今、目の前でそれを見せつけられているにもかかわらず、それでもなお、信じられない光景だった。

『ガルムの消滅を確認いたしました。おめでとうございます。クラウド様の勝利でございます』

【メギドソード】を放ってからどれくらい時間が経っただろうか……。茫然とガルムが消滅していくさまを見ていた僕に、セバスさんがそう声をかけた。

終わった、のか？

茫然としていて、セバスさんに言われるまで気が付かなかったけど、いつの間にかガルムがいなくなっていた。いや、あのボロボロに崩れていったガルムを見る限り、消滅したんだろう。

……つまり、僕はガルムに勝ったんだ。

そう思った途端、全身から一気に力が抜け、その場でへたり込んでしまった。

「どう？　ボクの力、すごいでしょ」

いつの間にか人化したレヴィが、座り込んでいる僕の顔を、手を後ろ手に組みながら、満面の笑みで首を傾げて覗き込んできた。

「ハ、ハハハ、ホント、本当にすごかったよ。まさかこんなにも威力あるとは、想像を遥かに超えていてビックリだったよ」

まさに圧倒的。鎧袖一触ってこういうことを言うのかな？　なんか違う気もするけど。

「でしょ。ただ一回使うと、三十日は空けないといけないのが、玉に瑕だけどね」

僕が使ってもレベル三百の魔物を一瞬で消滅させるほどの威力だ。それぐらいの制約があっても仕方ないんだろうね。こんな技バカスカ撃てたら、地形が大変なことになりそうだし。

「主よ。ご無事で何よりです」

声のする方を見ると、フル装備状態の騎士――イジスさんが人化して立っていた。

「ありがとうございます。イジスさんのお陰で、かすり傷一つ負わずに済みました。イジスさんがいなかったらと思うと……。本当に助かりました」

「拙者は盾、当然のことをしたまでです」

その表情を見る限り、イジスさんは自分の仕事に満足しているようだ。

セバスさんもいつの間に人化したのか、僕のすぐそばに当たり前のように立っていた。

「クラウド様、おめでとうございます」

「いえいえ、セバスさんの作戦があったればこそです。セバスさんがいなかったら、たとえレヴィやイジスさんがいたとしても、ガルムの初撃でやられていたと思います」

今回、僕が生き残れたのは、セバスさんが立案してくれた作戦のおかげだ。さすがセバスさんというか、ガルムの特性をよく知った上での作戦だったと思う。

その作戦というのが、まずガルムの先制攻撃を防ぐことから始まる。ガルムの特性として、ガルムは必ずと言っていいほど、戦闘開始と同時に黒瘴波（こくしょうは）という瘴気（しょうき）の魔力波を撃ってくる。これがかなり厄介（やっかい）で、高威力なのはもちろんだが、殺傷範囲が恐ろしく広い。実際、着弾と同時に、部屋の約半分が漆黒の閃光に埋め尽くされたくらいだ。

しかしそんな黒瘴波にも小さな弱点がある。それは高威力の攻撃の代償として、攻撃直後にわずかな時間ではあるが、ガルムに硬直状態が生まれるということだ。その一瞬の隙を突き、トドメを刺すのが今回の作戦の肝だった。

つまりだ、黒瘴波をイジスさんの【パーフェクトシールド】で防ぎ、動きを止めたガルムに、レヴィの【メギドソード】を撃ち込んで倒す。

単純だけど、レヴィとイジスさんがいて初めて成立する作戦だ。もちろん二人の固有能力を発動するタイミングも、セバスさんあってこそだったけどね。

「お役に立てたのならば、このセバス、無上の喜びでございます」

なんかすごく大げさだな。むしろ僕の方が、みんなが一緒にいてくれたことに無上の喜びを感じるよ。

「クラウド様、これを」

そんなことを考えている僕に、セバスさんが差し出したのは、赤黒い石の塊だった。

大きさは十五センチほどだろうか。磨かれたクリスタルのような輝きを放つ赤黒い石ではあるが、発せられる魔力から、これがとんでもないものであることは、素人の僕でも充分理解できた。

「……これは？」

「ガルムの魔石でございます。クラウド様にとって初めて倒された魔物の戦利品となります。魔石だけでなく、皮や牙などがドロップしておりましたので、そちらは私のアイテムボックスに収納しております。必要な際にお申しつけいただければ、すぐにでも出させていただきます」

ドロップって何だろう？　って、そんなことよりも、魔石が先だ。

しかし、見れば見るほどデカイ。これがガルムの魔石か……

「大きいですね。さすがはレベル三百の魔物の魔石ってところですね。これほどの大きさの魔石なんて見たことないですよ」

「価値も相当なものでございます。確か現在の相場では、このクラスの魔石なら、金貨八十枚ほどの値が付くものと思われます」

マジですか？　金貨八十枚の値が付くって、平民の平均年収の五倍以上の価値じゃないですか。とんでもない価値だよ。あまりにもすご過ぎる……

「僕みたいな弱者が持つのは、さすがにちょっと怖いですね」

こんなの持ってるだけで、命を狙われそうだよ。

「クラウド様はすでに弱くはございません。今回のガルムを倒したことで、随分とレベルがアップしております。具体的に言いますと、クラウド様の現在のレベルは九十七でございます」

なななんですと!!　わずか一戦で一気に九十三もレベルが上がるなんて、聞いたことがない。

「アハハ……。なんと言いますか、なんかすごいですね……」

もうホント、現実逃避レベルの話だ。だって、レベル百クラスなんて、すでに上位ハンターレベルの実力者だよ。

「ね～ね～いつまで二人で話してるの？　こんなところで話していないで、早く外に行こうよ」

そうだった。ここはまだ迷宮の中だ。レベルのことやらこれからのことやら、色々考えないといけないけど、全ては一旦外に出てからかな。

「そうだね、じゃあ、みんな外に出よう」

「はいは～い」

「かしこまりました」

「御意」

三者三様の返事を聞き、僕はついに死地とも言えるS級迷宮からの脱出に成功したのだった。

◆弓のエルフ◆

迷宮の外は鬱蒼とした森だった。

見渡す限りの針葉樹の中、迷宮の入口周辺だけ、ポッカリと空き地のような空間が広がっている。

迷宮から脱出した僕たちは、久しぶりの外の空気を堪能した後、その空き地のような空間にテーブルセットを広げ、セバスさんがいれてくれた紅茶を楽しみつつ、ひと時の休息を享受していた。

「クラウド様、これからいかがなされますか？」

一息ついた頃、すぐ左に立つセバスさんが、僕のティーカップに紅茶のお代わりを注ぎながら問いかけた。

「そうですね……。今回、僕はこの迷宮で、レヴィをはじめ、セバスさんやイジスさんという心強い仲間を得ることができました。さらにはガルムを倒せたことで、レベルも九十七まで上げることができました。自分で言うのもなんですが、ここで得た力は僕にとってのチャンスだと思っています。だから、一度は諦（あきら）めた……憧（あこが）れだったハンターに、挑戦してみようと思っています」

レベル百を超える者は、ハンターとして一流と言われている。ならば、それに準ずるレベル九十七の僕なら、そこそこ行けるんじゃないかと思っているわけだ。もちろん戦闘経験が皆無（かいむ）だから、訓練は必ず必要になるだろうけど、それでもみんなもいることだし、無理をしなければなんとかなるはずだ。

「ハンターでございますか。今のクラウド様ならば、必ずやご成功なされるでしょう。そして我ら三名、でき得る限りのお手伝いをさせていただきます」

「そう言ってもらえると、心強いです」

うん、この三人が一緒にいてくれれば、ハンターだってやっていけると思う。頼ってばかりで申し訳ないけど、いつか英雄エルザみたいに、三人から誇ってもらえるような立派なハンターになろう。

「ね〜ね〜、クラウド。ハンターって何？」

決意を新たにしていたら、僕の正面でおとなしく紅茶を飲んでいたはずのレヴィに、いきなり腰を折られた。

というか、なんでハンターを知らないんだよ。誰でも知ってる職業じゃ……。って、そうか。レヴィって千年間、迷宮の中に封印されていたんだった。ハンターって確か五百年くらい前にできた職業だって聞いたことがある。知らなくて当然か……。ということは、イジスさんも知らないのかな？　そう思い、イジスさんにも聞いてみた。

「拙者も存じませんな。ハンターとは、どのような仕事なのですかな？」

やっぱり知らなかった。まあ千年間、迷宮に閉じ込められていたのだから、当然と言えば当然だな。逆になんでセバスさんは知ってるんだって話になるけど、確か前に龍脈がどうのこうのって言ってたから、そのあたりが情報源かな。

「五百年くらい前に生まれた職業なんで、二人とも知らなくて当然だよね。ハンターって仕事は、簡単に言えば、魔物を倒して魔石や素材を売って、生計を立てる仕事だよ」

「な〜んだ。それなら千年前にも、同じようなことをしている人たちはいたよね」

「うむ、確かにな。拙者の前の主であるバーズ様も、邪神戦争以前はそのような仕事をしておりましたな」

千年前にも魔物はいたわけだから、名前が違うだけで同じような仕事があっておかしくはない。

「ハンターになられるとして、ハンターギルドには、ご登録なされますか？」

さすがはセバスさんだ。封印されていても、ハンターという職業だけでなく、ハンターギルドについてもよく知っているようだ。

「登録はするつもりです。商人と直接交渉をするなんてこと、学のない僕には到底無理ですからね」

ハンターという仕事は、先ほどレヴィたちに説明した通り、魔物を倒して得た魔石や素材を売ってお金を稼ぐ仕事だ。

魔物と戦うこのハンター、実はなるのに必要な資格もなければ登録も必要ない。自分がハンターだと言えば、それだけでその人はハンターになれるのだ。要は、全て自己責任で自由にできる仕事ということだ。

ただ、このユーレイディア大陸には、ハンターギルドというハンターのための組合がある。しかしこのハンターギルド、実のところ登録してもほとんどメリットがない。仕事を斡旋してくれることもなく、身分を保証してくれることもないのだ。

唯一、メリットと言えなくもないのが、魔物の魔石や素材の買い取りに関してだ。といっても、決して高く買ってくれるというわけではなく、普通に、相場通りの適正価格で買ってくれるだけだ。

そもそも、魔物素材の買い取りは、別にハンターギルドに持ち込まなくても、商人に直接持ち込めば買い取ってくれる。それどころか、交渉能力の高い人は、そうやって直接交渉して高値で売るのが当たり前なくらいだ。だからギルドに登録しなくても、フリーランスのハンターとして、ハンター稼業は充分やっていける。

まあ、交渉能力の低い人が商人に直接持ち込んでも、足元を見られ買い叩かれるのが常なのだから、そうならないために登録するって人も結構いる。もちろん、僕もこのカテゴリーに入るわけだけどね。

そんなメリットの少ないハンターギルドだけど、実際はほとんどのハンターが登録している。

その理由が、ハンターランクとハンターランキングという二つのシステムがあるからだ。

この二つのシステムがどのようなものか簡単に言うと——ハンターランクは魔物の討伐実績により、ハンターの強さをランク付けするシステムで、ハンターランキングは魔物の討伐実績上位五千人をランキング付けするシステムだ。

しかし、このランクやランキングだが、結局これも実質的なメリットは何一つない。強いて言うなら、名誉というか、自分はこれくらい強いんだぞ、という自己顕示欲を満たすくらいだ。あとは……自分を売り込みやすいというのは、あるかもしれない。

ほとんどメリットがないにもかかわらず、娯楽が少ないこの世の中においては、このシステムがハンターたちの遊び心というか、少年の心をくすぐるようで、多くの者が娯楽の延長で登録している。

まあ、元々が異界の神様という得体の知れない者が、遊びで創った魔法システムらしいけど。

「何それ!? めちゃくちゃ面白そうじゃない。当然やるからには一位を狙うんだよね!?」

あれ？ 思っていたことを声に出していたのかな？ なんで何も知らないはずのレヴィから、想像だにしない不穏な言葉が飛び出てきたんだ？

と思ったら、どうやらセバスさんが、二人にハンターとハンターギルドについて説明してくれていたみたいだ。その結果が、このレヴィの反応なんだけどね。

「さすがに僕なんかじゃ、一位なんて絶対に無理だよ」

一流のハンターには、魔法にも秀でていなければとてもじゃないがなれないのに、僕には魔法の才が壊滅的にない。

「ボクらがいるんだから大丈夫だよ。ね～イジスもそう思うよね？」

軽い、軽いなー、相変わらず。

そんなレヴィのお気楽な感じの質問に、周辺を警戒していたイジスさんが答えた。

「主よ、我々が付いております。安心して覇道を歩まれよ」

覇道って……。イジスさんは僕をどうしたいんだろうか？

「えっと……。覇道は歩む気はないけど、僕のできる範囲で頑張るよ」

とりあえずここまでで、ハンターに関する話は終えることにしよう。このままだと、とんでもない方向に話が進んでいきそうだし。

「セバスさん、ここから一番近い街って、どこか分かりますか？」

今はこれが一番大事なことだ。ハンター云々の前に、まずは人の住んでいる場所に行かないと話にならない。

「ここから一番近い街ですと、ノーステールでございます。ここから南に約千キロほどといったところでしょうか」

はい？　今なんと？　千キロとか言わなかったか？

「ごめん、ちょっと聞き間違えたかも。今、南に約千キロって言ってないですよね？」

「いえ、間違いなく約千キロとお伝えいたしました」

……マジ？

ちょっと待てよ。南に千キロってことは、ここはノーステールの北に千キロなわけで……。ということは、もしかしなくても、瘴気の森の真っ只中ってこと!?

「あの、セバスさん、ここって、瘴気の森ですか？」

瘴気の森とは、ノーステールの北に広がる広大な森の、さらに奥に踏み入ったところに存在している地域のことで、人にとって毒である瘴気が充満していることからそう呼ばれている。もしそうなら、こんなところでのんびりお茶なんてしている場合じゃない。早く離れないと、瘴気に汚染され死んでしまう。

「いえ、ここはその瘴気の森を抜け、さらに奥に存在する魔瘴の森でございます」

さらに奥だった。ということは、ここ……

「もしかして、ここって魔界ですか？」

「その通りでございます」

マジで？　せっかくS級迷宮から脱出できたのに、神様ヒドイじゃないですか。こんなところから人間界に、どうやって帰れと？

「ね～ね～、こんなところにいつまでもいないで、早く街に向かおうよ」

レヴィ、簡単に言わないでおくれよ。ここ魔界だよ。魔界なんて、歩いて移動しようものなら、すぐに無数の魔物に襲われちゃうところなんだよ。しかも、かなり強力な魔物たちに……。いくらレベルが上がったとしても、さすがに魔界は無理。余裕で死ねる。

「そうでございますね。ここにこのままいてはかえって危険。クラウド様、レヴィの言うようにさっそく移動をいたしましょう」

うわー、セバスさんも移動推進派だった。と思っていると、セバスさんはそのまま言葉を続けた。

「では、移動にはこちらをお使いください」

そう言ってセバスさんが差し出したのは、手の平大の馬の形をした笛だった。

「……これは？」

「召喚笛でございます。吹けば移動用の召喚獣が顕現いたします」

なんと!!　さすがセバスさん、やっぱりレヴィと違って抜かりがない。セバスさんに出会えたことが、僕にとって一番の幸運だったよ。

「では、さっそく吹かせていただきます」

僕は馬笛の尻尾の部分を咥えると、思いっきり息を吹き込んだ。

フゥーーーーーーーーー!?

……あれ？　音が出ない？　と思った瞬間、笛の馬の口の部分からモクモクと煙が出はじめ、みるみるうちに塊になり、何かの形を創り出していく。

おー、すごい。なんか煙が馬のような形に変わっていく。

しばらくしてそこに現れたのは、白く輝く体と、天使の羽を思わせる純白の翼を持った、美しくも悠然とした姿の天馬だった。

「すごい……ペガサスだなんて……しかもこんな立派なペガサス、見たことない」

上級騎士や上位ハンターが乗っているのを何度か見たことがあるが、それでもここまで立派で美しいペガサスは初めて見た。なんというか、もう見るからに全然格が違うのだ。

「こちらに乗って移動すれば、二日ほどでノーステールまで到着できるでしょう」

速っ！　二日で千キロなんて、いくらペガサスでも速過ぎじゃないか!?

「ペガサスって、そんなに速く飛べるんですか？」

「このペガサスは特別でございます。飛行速度はもちろんのこと、連続飛行時間も普通のペガサスの倍以上はあるとお考えいただければよろしいかと」

うわあ、桁違いの能力だよ。

「それはすごいですね」

「ふふ、エルザの愛天馬だからね。当然だよ」

なぜそこでレヴィが偉そうに胸を張るんだよ。

「……そうだね。エルザさんのペガサスだもんね。うん、とりあえずこれで移動手段ができたことだし、さっそく移動しようかな」

というわけで、レヴィはほどほどに流しておいて、僕たちはノーステールに向けてペガサスを駆り、広大な森の上空を移動することになった。


眼下に広がるのは、針葉樹が生い茂る深い緑の絨毯。全周囲を見渡す限り、そんな森の風景が延々と広がっている。

現在、僕たちはペガサスのベガに乗って、魔瘴の森の上空を移動中だ。

ちなみにこのベガという名前、エルザさんが付けたものらしい。セバスさんは名前の変更は可能とも言っていたけれど、僕としては特に変える必要性を感じないので、そのままベガと呼ぶことにした。

そんなペガサスのベガに現在騎乗しているのは僕だけで、レヴィは剣として僕の腰に、セバスさんは腕輪として右腕に、そしてイジスさんは盾形態で背中にと、みんな装備品として僕が身につけている。

あれ？　でもこれも、一応みんなペガサスに騎乗していることになるのかな？　いや、この場合さすがに騎乗にはならないか。

それはさておき、セバスさんの話だと、このまま魔瘴の森の上を飛んでいけば、あと六時間ほどで瘴気の森が見えてくるらしい。ただすでに昼過ぎということもあり、今日は瘴気の森の手前までで留めることにしていた。

「セバスさん、瘴気の森はどうやって抜けるんですか？」

瘴気の森は、普通の人間がなんの対策も取らずに侵入すると、十分と保たず死んでしまうと言われている。もちろん、その上空も全く影響がないわけがない。ましてや、何時間も移動するとなれば、どうなるか想像に難くない。

『それに関しては、特に問題ございません。瘴気の森の上空を移動する際は、私が簡易結界を張りますゆえ、ご安心いただければと。ただ、さすがに森に降りますと、私の結界でも一時間保たせるのがやっとでございます。ですので瘴気の森には一切降りず、一気に通り抜けるのがよろしいかと』

腕輪形態であっても、さすがはセバスさんといった感じの受けこたえだ。全くソツがない。

「分かりました。では瘴気の森に入ったらよろしくお願いします」

『かしこまりました』

こうして僕たちの空の旅は順調に進んだ。

移動開始当初は、レヴィは久しぶりの外ということもあってか、すごく高いテンションで色々と話しかけてきた。だけど、それも三時間が過ぎた頃になると、飽きたのか全然しゃべらなくなってしまった。それどころか、念話を通して寝息まで聞こえてきやがるしまつだ。

「セバスさん、知性魔道具（インテリジェンスアイテム）って眠るんですね」

ちょっと気になるので聞いてみた。

『確かに眠ることはできますが、眠る必要はございません。眠る行為は、人で言う一種の趣味のようなものでしょうか』

……うん、そんなことだろうと思った。まあ、頭の中で騒がれるよりは静かでいいんだけどね。

そうこうしながら快晴の空の下、のんびり魔瘴（ましょう）の森の上空飛行を楽しんでいると、突然頭の中にセバスさんの報告が入った。

『クラウド様、十一時の方角、約十分の距離から、かなり強力な知性魔道具（インテリジェンスアイテム）の気配を感知いたしました。いかがいたしましょう？』

えッ!?　また知性魔道具（インテリジェンスアイテム）？　いかがいたしましょうかって、どうすればいいの？　もしかして仲間にしろってことなのかな？

「えっと、誰かと契約しているような知性魔道具（インテリジェンスアイテム）じゃないんですか？」

『いえ、未契約の知性魔道具（インテリジェンスアイテム）で間違いございません』

すごいな、断定できるんだ。しかしそうなると、レヴィたちみたいに契約できるかもしれないってことか……

「とりあえず、その場所まで案内してくれますか」

会ってみないと、どんな知性魔道具(インテリジェンスアイテム)かも分からないし、だいいち僕のことを所有者と認めてくれるかも分からないからね。

『かしこまりました。念のため、クラウド様と思念結合をさせて、視覚的に状況を確認できるようにいたします。よろしいでしょうか？』

セバスさんの言っている意味がよく分からないけど、とにかく分かるようになるということだろう。それなら特に問題ないよね、セバスさんのことだし。

「はい大丈夫です。よろしくお願いします」

『かしこまりました。では今より思念結合を行い、視覚を共有いたします』

セバスさんがそう言った瞬間、周りの風景が一変する。

眼下に広がる魔瘴(ましょう)の森は今まで通り見えているのだが、それとは別に、その森の中に無数の赤色の光が見えるようになった。

……なんだこれ？　森のそこら中に、赤い光がチカチカして非常に見づらい。

『完了いたしました。やや左前方にある青い光がご確認できますでしょうか？』

左前方？　赤い光が邪魔で全然分からないよ。

「セバスさん、この赤い光ってどうにかなりませんか？　それが邪魔で全く分からないので」

一応、仕様の変更ができるか聞いてみる。

『かしこまりました。すぐに変更いたします』

次の瞬間、あれだけ視界にうるさく入ってきていた赤い光は綺麗さっぱり消え、左前方にポツンとある青い光をしっかりと見ることができた。

しかし、こんなに簡単に色々変更できちゃうんだな。相変わらずセバスさんはすごいな。

「見えました。あれのことですね」

十分の距離って言っていたけど、思ったよりも距離があるように見える。それだけベガの飛行速度が速いんだろうけど……。ん？　……あれ？

「セバスさん、あの青い光。なんか動いていませんか？」

そう、青い光は左から右に少しずつ動いているのだ。この距離で動いてるのが分かるってことは、かなりのスピードで動いてるんじゃないかな？

『そのようでございますね。ただ、戦闘や逃走をしているようでもございませんので、おそらく移動をしているだけでしょう』

セバスさんは、気が付いているどころか状況まで分析していた。

「誰かが持って、移動をしているんでしょうか？」

知性魔道具(インテリジェンスアイテム)とはいえ、自力で動けるものは少ない。ましてやレヴィたちみたいに人化できる知性魔道具となると、超が付くぐらい希少だ。普通に生きていたなら、死ぬまでお目にかかることは絶対と言えるくらいいないだろう。そんな人化できる知性魔道具が僕のところに三人もいるのは、まさに奇跡としか言えないんだよな……

『いえ、周辺に人の気配どころか、魔物の気配もございません。考えられるとしたら……私どももと同じ、人化ができる知性魔道具の可能性が非常に高いかと』

はい？　また人化できる知性魔道具ですか？　あり得ないでしょ⁉　なんでそんなにポンポンと人化できる知性魔道具が僕の前に現れるんだよ⁉　だいたい人化なんて……ん？

「セバスさん、人化は契約をした所有者がいないと、できないんじゃないんですか？」

レヴィたちは僕が封印解除——この場合は契約なんだけど——するまで、意識はあれど人化することができなかった。ということは、人化できる知性魔道具でも契約者がいないと人化できないと思ったんだけど……

『本来、人化が可能な知性魔道具は、契約者がいなくても人化できます。しかし、一度封印をされてしまうと、自由に人化はできなくなるのです。再び人化するには、封印を解いた者を主人と定めなければなりません』

へえ、そうなんだ。全然知らなんだ。なんとなく納得。

ん？　そうするとレヴィたちを封印した者は、なんでレヴィたちと契約しないで千年も封印していたんだ。せっかく封印したんだし、自分たちで契約した方が良さそうなのに。その点をセバスさんに聞いてみると――

『知性魔道具（インテリジェンスアイテム）には聖属性と闇属性が存在し、聖属性の知性魔道具（インテリジェンスアイテム）は、闇属性の者とは契約することができません。我々を封印した者たちは魔族です。魔族は闇属性の存在ですので、当然我々と契約することができず、迷宮に封印し続ける形となったのでしょう』

なるほど、そういうことだったのか。

おっと、話が逸（そ）れたので元に戻そう。

「じゃあ、封印されていない、特に人化できるような知性魔道具（インテリジェンスアイテム）と契約するには、どうすればいいんですか？」

もし、今回見つけた知性魔道具（インテリジェンスアイテム）と契約しようとするなら、今のうちに契約方法を聞いておいた方がいいだろう。

『知性魔道具（インテリジェンスアイテム）ごとに契約の条件は異なりますが、基本その知性魔道具（インテリジェンスアイテム）を満足させる何かが必要となります』

満足させる何かか……。どんなのだろう？　人を毎日一人は斬って生き血を吸わせろ、とかだったら嫌だな。まあ、そんな条件を出すのは妖剣の類（たぐい）いだから、闇属性の知性魔道具（インテリジェンスアイテム）なんだろうけど。

とりあえず行ってみないと何も分からないね。

というわけで、急ぎ向かうことにしよう。

鬱蒼(うっそう)とした針葉樹の森の中、深緑に囲まれた世界に僕たちは降り立った。そして僕がそこで見たのは――

「えッ、エルフ⁉」

『うん、エルフだね』

そう、知性魔道具(インテリジェンスアイテム)を追ってこの場に降り立ったはずなのに、なぜか目の前に現れたのは、長く尖(とが)った耳がとても可愛(かわい)らしい、エルフの女の子でした。

って、レヴィ、いつの間に起きたんだよ。

「どちらさまでしょうか？」

短く切りそろえられた若草色の髪が、とても印象的なエルフの少女は、翠色(みどりいろ)の瞳に怯(おび)えの色を滲(にじ)ませた。

両手を胸の前で握り締め、震える彼女を見ていると、なんでこんな華奢(きゃしゃ)な女の子が、緑色の薄手の上着にグレーの短パン姿という軽装で、魔瘴(ましょう)の森にいるんだろうと不思議に思える。普通、こんな子が一人で、こんな場所にいるだけで、速攻で魔物の餌(えさ)になるところだろう。やっぱり知性魔道具(インテリジェンスアイテム)はすごい。

色白な、弱々しく怖がっているエルフの少女を見つめ考える。

さてと、どうしよう？

魔瘴(ましょう)の森にいるような知性魔道具(インテリジェンスアイテム)なだけに、もっと怖そうなのとか、強そうなのが出てくるのを

想像していただけに、ちょっと予想外過ぎてどうしていいか分からない。

こういうときは挨拶からかな。第一印象が大事だしね。

「こんにちは、僕、クラウドっていいます。あのお、怪しい者じゃないよ」

って、エルフっ子の視線が痛い。すごいジト目で見られてる。

ごめんなさい。この状況、怪しさ満点ですね。

くっ、こ、ここはなんとか話を続けないと。

「えっと、僕、旅の者なんだけど、こんな森の奥に女の子が一人でいるのを見かけたから、大丈夫かなあ？　って、心配になって声をかけたんだけど……。うん、大丈夫そうだったかな……」

うわあ、すごく不審者を見る目で見られている。……これ、どうしよう？

「ちょっと！　いつまでウダウダやってるのよ」

レヴィさんが、突如人化して登場。

「えッ？　えッ!?　え～～～!?」

翠色の瞳がこぼれ落ちんばかりに瞼を見開くエルフっ子。そりゃ、人が突然目の前に現れたら驚くよね。

「やっほ～、ボク、レヴィ。よろしくね～」

レヴィ、軽い。軽すぎるよ。毎度のことだけどさ。

「あの……、よろしくお願いします」

あれ？　思いのほか、好感触？

「あの……。うォオッ!?」

これはチャンスと思って僕が声をかけようとしたら、エルフっ子は怯（おび）えた瞳で、いきなり僕に向かって弓を構えた。

さっきまで何も手に持っていなかったよね？　いったいどこから出したんだよ。しかも矢は魔力でできているように見えるし……

「あなたは怖いです」

なんで？　僕、まだ何もしてないよ。

「主に弓を引くとは、拙者が許さんぞ」

おお、さすがイジスさん、頼りになる。

「えッ!?　二人も!?」

エルフっ子は、僕との間に割り込むように突如現れた、フル装備の騎士——イジスさんを見て、再び驚きの声を上げる。

「まあまあ、そんなに警戒なさらず、ご一緒に紅茶などいかがでしょうか？　ケーキもございますよ」

さらにそう言って現れたのは、いつの間にかテーブルセットとティーセットを用意した、執事姿のセバスさんだった。

「うそ……。三人目……」

セバスさんの登場に、これでもかというくらい大きく目を見開いて、驚きの表情を作るエルフっ子。

「もしかして……。あなたがこちら三名の、主人なのでしょうか？」

多少警戒を解いてくれたのか、なんとかエルフっ子は弓を下ろしてくれた。

良かったよ。これでようやく僕の話を聞いてくれそうだ。まだ表情は厳しいけど……

「そうだよ。信じられないかもしれないけど、本当に彼ら三人は、僕と契約してくれている」

あの封印されてた状態で、契約の拒否権があったのかどうか分からないけどね。そう言えば、もし見限られたら、レヴィたちの方から契約って解除されちゃうのかな？　……ダメだ。怖いからそういうことを考えるのはよそう。

「あなたは、何者ですか？」

いや、何者って聞かれても、ただの元鉱夫少年でしかないんだよね。でも、そう言ってもたぶん信じてもらえないんだろうな。

「この方は、魔族によって迷宮に封印されていた我々三人を、その封印から解放してくださった方でございます」

僕がなんと説明していいか悩んでいるのを見て、セバスさんが先に説明をしてくれた。

「そうだよ。クラウドがいなかったら、ボクら三人、今も薄暗いS級迷宮の奥で封印されたままだったんだからね」

　くっ、レヴィも嬉しいことを言ってくれるじゃないか。

「命に代えても、お護りすべき主である」

　イジスさん、嬉しいけど、命に代えなくてもいいですよ。

「……あなたは彼らにとって、素晴らしい主人であられるのですね」

　おお、これは？　もしかしなくても、エルフっ子の僕を見る目が変わった？

　ここは心を開いてもらえる大チャンスだ。

「せっかくだから、席に着いて紅茶とケーキでもどうですか？」

　僕の誘いの言葉に「そういうことでしたら」と言って、セバスさんが用意してくれた席にようやく着いてくれた。そんな中でも、レヴィはとっくに席に着いてケーキをパクついているけどね。

　そういったレヴィの姿を見て、僕に対する警戒心も薄らいだのか、僕の対面に座るエルフっ子は、レヴィに釣られるように、セバスさんが用意した苺のショートケーキを一口食べた。

　ん？　エルフっ子が固まった？　フォークを口に咥えたまま、ピクリとも動かない。いや、長く尖った耳だけが可愛らしくピクピクと動いてるような……

　いったいどうしたんだろう？　と思った瞬間、エルフっ子はケーキの残りをすごい勢いで食べはじめた。

　食べ方は綺麗なのに、なんであんなに速く食べられるんだろう。不思議だ。

「ご主人様、ケーキのお代わりはございますか？」

「……はい？」

この子はいきなり何なんだ？　それに、ご主人様って……

「ケーキのお代わり……ないのでしょうか？」

なんでこの状況で、泣きそうになってるんだよ。僕がイジワルしてるみたいじゃないか。

「えっと、僕のケーキ、まだ手を付けてないし、良かったら食べる？」

そう言って僕のケーキを、エルフっ子の前に滑らせる。

「い、いただいても、いいんですか⁉」

いや、そんなに驚かなくても……って、は、速ッ！　もう食べ終わってるよ。「いいんですか？」って聞いておきながら、答える前に食べ終わるとは、この子なかなかの性格をしてるかも。

僕が唖然としていると、エルフっ子がいきなり立ち上がり、僕のそばまでやって来たかと思うと、突然片膝をついた。

えッ⁉　い、いったい何⁉　いきなり何なの⁉

僕が戸惑っていると、エルフっ子はどこから出したのか、淡く翠色に輝く美しくも大きな弓を、自らの頭の上に捧げるように掲げた。

「ご主人様。私の名はクイ、弓の魔道具でございます。私の力、私の忠誠、どうかお受け取りください」

えッ⁉　なんで⁉　どうして急に？　あ、ケーキ？　もしかしてケーキなの⁉

「クラウド様、彼女と契約を」

そ、そっか、契約しないといけないんだね。なんだかよく分からないけど、せっかくエルフっ子の方から契約を求めてくれたわけだしね。

封印されていない知性魔道具（インテリジェンスアイテム）と契約するのは初めてだけど、契約の方法はレヴィたちのときと同じでたぶんいいよね。

エルフっ子改めクイが持つ弓に手を当てると、ゆっくり魔力を込めていく。すると、魔力が行き渡るにつれ、弓は輝き出した。そしてそれが頂点に達したと思った瞬間、弓はクイの体の中に吸い込まれるように消えていった。

「これで私は、ご主人様のものです」

……なんだろう、こんなんでいいの？　この娘（こ）、絶対ケーキに釣られたよね。クイさん、あなたちょっとチョロ過ぎやしませんか？

まあ、本人は幸せそうだから、いいのかな……

こうして僕たちは新たに、ニコニコ微笑（ほほえ）むエルフ少女クイを、仲間に加えたのだった。

ちなみにクイに、ご主人様と呼ぶのをやめてとお願いしたが「そこは譲れません」と頑（かたく）なに拒否されてしまった。

◇　◇　◇

昨晩は瘴気の森の手前まで移動した後、セバスさんが当然のように出してくれた魔法のテントで一泊した。

この魔法のテント、外見は普通の二人用の小型家型テントなのだが、中に入ると、どこの高級宿だよって突っ込みを入れたくなるようなものだった。

まず、広さからしておかしい。外から見ると二メートル四方くらいなのに、中に入るといきなり高級宿のようなリビングが現れ、その奥には平民の家ぐらいの広さの寝室が四つ、さらにはトイレにキッチン、大浴場まで付いている。また、それぞれの部屋には高級そうな毛足の長い亜麻色の絨毯が敷かれ、部屋全体を心安らぐ空間に演出してくれている。調度品もそれにならい、派手さのない温かみのあるデザインのものが選ばれていた。このあたりはエルザさんの趣味かもしれない。なんとも素晴らしいお宿……じゃなくて、テントだ。

とはいえ、あまりの豪華さに、小市民の僕がかえって落ち着かなくてなかなか眠れなかったのも仕方のないことだろう。

しかしまさかこんなことで、英雄エルザのすごさを実感することになろうとは……

まあ、そういうわけで寝不足気味の僕はやや眠い目を擦りながら、ただ今、広大な森の上空の旅をまったり楽しんでいた。

あっ！　いや、やっぱり下が瘴気の森だから、楽しめる気分じゃない。

だって、落ちたら瘴気にやられて死んじゃうわけだしね。

まあそれでも、セバスさんの話だと、このペガサスには魔法がかかっていて、油断して寝てしまっても絶対落ちることはないらしいんだけどね。それに、最悪落ちてもセバスさんが張っている結界があるから、一時間くらいまでなら特に問題ないわけだし。


そして二時間が過ぎた頃、突然二十羽ほどの大きな鳥が、僕たちを囲むように瘴気の森から飛び出してきた。

出てきた鳥は、ブリッツバード程度の大きさで、野生の鳥だとしたら大きく、鳥型の魔物だとしたら小型だった。と言いつつも、ここが瘴気の森上空ということを考えると、鳥型の魔物で間違いないんだろうけど……

この鳥型の魔物は、嘴も含め全体的に青みがかった灰色をしているけど、たまに見える体下面の羽毛は白く、胸部から体側面にかけてには黒褐色が入っているのがよく分かる。見た目はハヤブサって感じかな。

魔力はそれなりにあるようだが、それよりも一番厄介なのはおそらくスピードか？　ベガのスピードに平気で付いてくるあたり、逃げるのは難しそうだ。

しかしこれってかなりマズイ状況なのでは？　完全に囲まれてるし……

『申し訳ありません。魔物の接近を見落としてしまいました』

今までのセバスさんの完璧っぷり思うと、珍しいことだと思うところだけど、よく考えると真下は魔物の巣窟(そうくつ)である瘴気(しょうき)の森なのだ。たぶん、そこら中に魔物の反応があって、その魔物が飛行できるタイプなのかまでは調べきれなかったんじゃないのかな？

とはいえこの状況、どうしよう？　まだ、襲ってきてはいないけど、あの目、明らかに僕のことを狙ってるよね。

「そんなに気にしないでください。今まで魔物に襲われなかったのは、セバスさんのおかげですから。それよりもあの魔物はなんですか？」

『ありがたきお言葉、痛み入ります。ではあの魔物についてご説明いたします。名前はゲイルファルコン。高い機動性と風魔法攻撃を得意とする魔物です。ここにいるゲイルファルコンの平均レベルは五十程度のようでございます』

五十程度ってどうなんだろう？　迷宮に飛ばされてからレベル三百だの四百五十だのと、とんでもない高レベルの魔物ばかり見てきたから、いまいち強さの感覚がおかしくなっている気がする。

今までの人生なら、一体でも死を覚悟するレベルだけど、今は僕の方がレベルが高いからな。ダメだ、危機感が鈍(にぶ)っている。相手は二十羽――魔物だから二十体だけど――もいるんだ。一斉に襲われたら、やられるかもしれない。

あ、やっぱりこれってマズイよね……。ドンドン不安になって来た。ガルムに勝っていい気になっていたけど、よくよく考えたら、僕って未だにちゃんとした戦闘経験が一度もないんだよね。

そもそも空中戦ってどうやってやればいいの？　魔法なんて使えないし、せっかくクイがいても弓なんか一度も使ったこともないし。かといってレヴィは剣だから、この状況では攻撃すら届かない。これってある意味詰んでるかも……

『クラウド、ぼーっとしてる場合じゃないよ。そろそろ来るよ』

うわあ、レヴィの言う通りだ！　さっきまでと違って、明らかに戦闘態勢に入ってるよ。

「来るって言われても、どうしよう……」

やるならやっぱりレヴィを使って接近戦？　いやいや普通に無理でしょ。ここはまずセバスさんに相談って、そんな時間ないよ。どうする？

『クラウド様!!　回避を!!』

突然、頭に響くセバスさんの声。それに反応して、訳も分からず回避行動をとる。すると頭のすぐ上を、見えない何かが通り過ぎていくのを感じた。

「何、今の!?」

『ゲイルファルコンの放った不可視の風の刃です』

風魔法か！　不可視って反則だよ！

『私がベガを操り、魔法を回避いたします。クラウド様は攻撃に集中していただきますようお願いいたします』

セバスさん、魔法攻撃見えるんだな。……って、そんなことを考えてる場合じゃなかった！

「攻撃ってどうすれば――」

『ご主人様。私をお使いください』

今の声はクイだよね。でも、いきなり私をお使いくださいって言われても……。しかも次々に襲ってくるゲイルファルコンの風刃の中、どうやって使ったことのない弓矢を当てろと？

「クイの申し出は嬉しいんだけど、今まで射たこともない弓矢を、いきなりこんな状況の中で使うなんて絶対無理だよ」

こんなことなら昨日のうちに、少しくらいクイの扱いを練習しとくんだった。

『問題ございません。私がお手伝いさせていただきます』

「え？　それって、素人の僕でも当てられるってこと？」

『左様です』

さすが知性魔道具（インテリジェンスアイテム）。やっぱりすごいな。最初はただの食いしん坊にしか見えなかったけど。

「分かったよ。じゃあクイ、よろしく」

『かしこまりました、ご主人様』

クイの声が頭の中に響くと、僕の体にタスキ掛けされていた弓が消え、すぐに目の前に現れた。

『私を手に取り、適当でいいので構えください』

「了解！」

覚悟を決めて手綱から手を離すと、すぐに目の前に浮かぶクイを手に取り、弓を構える。

ゲイルファルコンの風刃をかわすために暴れ馬状態のベガに、手放しで騎乗しているけど、さすがは寝ていても大丈夫というだけあって、ビックリするほど体が安定している。

「あ、そう言えば矢は？　矢はどこに!?　構えたはいいけど矢がないよ！」

そう、矢が見当たらないのだ。

『私に魔力を込めていただければ、魔力の矢が出現します』

あ、そう言えば最初に矢を向けられたとき、クイは魔力で矢を作っていた気がする。

「うおっ！　ホントに出現した！」

これはすごい。魔力さえあれば矢がいらないのか。しかもこの感覚だと、あと五百本くらいは平気で作れそうだよ。やっぱりレベル九十七まで上がると、魔力量もかなり増えるみたいだ。

『あとは、撃ち落としたい標的に狙いを定めていただければ、こちらで補正して直撃させますので、ご自由に射てください』

「ご自由に射てくださいって、こんなにベガが動きまくっている状態じゃあ、狙いもうまく定まらないよ！」

『問題ありません。射れば分かります』

なんかすごい自信だよね。仕方ない、ここはとりあえず言われた通りに射てみるか。

ベガが急旋回を繰り返す中でクイを構えると、視界に入ったゲイルファルコンに向けて白く輝く魔力の矢を放つ。

風を突き破って進む魔力の矢は、まさに狙い澄ましたかのようにゲイルファルコンの頭を射抜いた。

「スゴッ!!」

うわあ、マジで当たったよ！　まさか初めて射た矢で仕留められるって、やっぱりクイも優秀なんだな。

『次をお願いします』

そうだった、感心している場合じゃなかった。

すぐに次のゲイルファルコンに向けて魔力を込める。新たに出現した魔力の矢をすぐに放つと、再びゲイルファルコンの頭をいとも簡単に射抜いた。

「ホントによく当たるな」

互いに動き回っているのに簡単に頭を射抜けるなんて、もうこれ、ほぼ百発百中なんじゃないかな？　いきなり自分が弓の達人になった気分だよ。全くと言って良いほど自分の実力じゃないけど。

『次をお願いします』

クイに急かされる中、次の標的を定め矢を射る。

また当たった！　ホント、自分の実力を勘違いしそうで怖いレベルだ。でもこれで今回の襲撃はなんとかなりそうかな。

そんなことを考えながら、さらに三体のゲイルファルコンの頭を次々と射抜いていく。

仲間が次々と射落とされたことで警戒心を強めたゲイルファルコンは、僕と距離を取りつつ編隊飛行を始めた。

『クラウド様、連携されると危険です。先頭の個体の対処が優先かと』

確かにセバスさんの言う通りだ。さすがに連携して魔法を撃たれたら、いくらベガでも回避は難しくなるし、倒すのにも時間がかかるだろう。そうなると、危険が増すだけでなく、さっきから頭の中で『暇〜暇〜』と騒ぐレヴィの鬱陶しさがさらに増しそうで嫌だ。

近接戦闘型のレヴィとしては、現状やることがなくて暇なんだろうけど、騒ぐくらいなら昨日みたいに寝てもらった方が、僕としては何倍もありがたい。

そんな益体もないことを考えながらも、先頭のゲイルファルコンを含めて三体を仕留めた。

これで約半分。クイの補助があってだけど、だいぶ弓での遠距離戦闘にも慣れてきた。このまま行けば、もうそんなに時間がかからずに撃退できるだろう。よし、あと少しがんばば——

『後方より、高熱ブレス!!』

——えッ、何!?

セバスさんより突然の警告。それと同時にベガが大きく回避行動を取った。そして次の瞬間、僕が先ほどまでいた場所を高熱の炎が舐め尽くしていく。

うわあ！　なに今の!?　いくら編隊飛行していたとはいえ、動きの速いゲイルファルコンを五体同時に瞬殺って!!

燃え落ちていく五体のゲイルファルコンを一瞥すると、すぐに攻撃してきた存在に視線を移す。

そこにいたのは、白い巨大な影。

「ドラゴン!?　いや、違う!!　鳥……怪鳥の部類か!?」

『フレイムロックバード。レベル九十七、ロックバードの上位進化種でございます』

ロックバードって、五トンを優に超えるフォレストエレファントを狩って軽々と持ち去っていくという、あの化物か。しかもそのロックバードの上位進化種って、なんの冗談だよ。あ、でもよく考えたらレベル九十七なら、一応僕と一緒か……技術力の伴わないレベル九十七だけど、僕の場合。

「うおっ!!」

ドラゴンじゃあるまいし、鳥のくせにフレアブレスを吐くのか!?　あ、セバスさんが言っていた高熱ブレスってこれのことか！

これ、かなりヤバイかも。ゲイルファルコンと同時にフレイムロックバードまで相手にしないといけないってことだよね。ゲイルファルコンは、あと五体……

「って、あれ？　ゲイルファルコンは？」

『生き残っていたゲイルファルコンは全て、今のフレアブレスを見て逃走いたしました』

逃げ足速!!

それだけあのフレイムロックバードが格上なんだろう。でも、一応僕も同じレベルだったんだけどな。……やっぱり見た目の迫力の差なのかな？

『次が参ります。クラウド様、反撃を！』

そうだった、ぼーっと考えごとしてる場合じゃないんだった。

迫りくるフレアブレスをかわしながら、弓を引き、フレイムロックバードの眉間目がけて矢を放つ。

大気を貫き、耳鳴りのような音を響かせながら、白光の矢は寸分違わずフレイムロックバードの眉間を捉える。だがしかし――

「うそ！　弾かれた⁉」

完全に捉えたかと思った白光の魔力の矢は、硬いフレイムロックバードの羽毛に弾かれて、瘴気の森へと落下していく。

さらに狙う場所を変えて魔力の矢を射るが、全てが羽毛で弾き返され、傷一つ付けることができない。

どうしよう？　このままじゃいくら攻撃しても、倒すどころかダメージすら与えられそうにない。……逃げようかな？

「セバスさん、アレから逃げきれると思いますか？」

『防御力は高く、機動力はややあちらが上、こちらの攻撃を無視して突っ込んでこられれば、まず逃走は無理でしょう』

うわあ、状況は思ったよりも悪いかも。こんなことなら、ゲイルファルコンが逃げるときに一緒に逃げればよかった。調子に乗って戦う判断をしたのが失敗だったわ……

そんなとき、『魔炎では……』や『技術が足りない……』などと呟いていたクイが『ご主人様、私にアレを倒す方法がございます』と提案した。

「方法って？」

まさに藁にもすがる思いでクイの提案を聞く。

『私の固有能力【光陰の矢】であれば、フレイムロックバードを射抜くことができます。ただ、この固有能力は溜めと集中力が必要なため、技の準備段階に入ると、ご主人様だけでなくベガも動かすことができません。もちろん、準備途中でも危険と感じれば技の解除は可能ですので、敵の攻撃を回避することはできます。ただその場合でも、二十四時間空けなければ技は放てなくなり、実質この戦いでは使用不能となります』

レヴィの【メギドソード】やイジスさんの【パーフェクトシールド】みたいな時間的な再使用条件付の固有能力ってことか。しかも溜めと集中力がいるから動けなくなるって、かなり使いにくそうな技だよね。

「溜めって、どれくらい時間が必要なの？」

溜め中は動けなくなるのだから、それにかかる時間が一番重要。溜めている間に攻撃されたらそれで終了だからね。

『三十秒ほどです』

三十秒って、思ったよりも長いよ。

「セバスさん、フレイムロックバードはフレアブレスをどれくらいの間隔で撃てるんですか？」

『およそ十五秒に一度の間隔で放つことができると思われます』

十五秒に一度か……技の準備中、最低でも一回、場合によっては二回攻撃される可能性があるわけか。

「……うん、これ、無理だよね。溜めてる間に狙い撃ちされるよね」

どう考えても失敗する未来しか見えないよ。

『私なら、エルフの特性を持つ私なら、相手の視界から一時的に外れることさえできれば、わずかな時間ですが認識を阻害することができます。フレイムロックバードがご主人様を見失っている間に準備を進められれば……』

「認識阻害ってどれくらいの時間を持たせられそうなの、クイ？　それに、どうやって一時的にフレイムロックバードの視界から外れるの？」

『……正直言いまして分かりません。申し訳ございません』

いや、責めてるわけじゃないんだけど、焦(あせ)ってるから少し語気が強くなっちゃったかな。

「セバスさんはクイの作戦、どう思いますか？」

こういうときは、あれこれ考えていないで、僕の軍師様に聞くのが一番だ。

『フレイムロックバードの視界から外れることに関しては、一時的ならば、ベガの旋回能力をもってすれば可能でしょう。認識阻害に関しては、クイの認識阻害能力がどの程度か分からない以上、試してみなければなんとも言えません。ただ、成功するにしても失敗するにしても、ギリギリの作戦になると思われます』

うわあ、微妙な答え。色々言っていたけど、要は運次第というか、やってみないと分からないってことだよね。

……あーもう、どうせこのままいてもジリ貧になっていくだけだし、ここはもうやるしかないか。

「クイの作戦でいきます。セバスさん、クイ、援護をお願い」

『かしこまりました』

『了解いたしました』

『頑張(がんば)れ〜』

二人の返事とレヴィの軽い応援を聞き、僕は一気に勝負に出るべく動き出す。

今まで距離を取るように移動をしながら、フレイムロックバードのフレアブレスをかわしていたベガだったが、突如転進してフレイムロックバードに突撃をかけるような動きをとる。

フレイムロックバードは今まで逃げていた僕たちが突然向かってきたことに、わずかだが戸惑いを見せた。

『参ります』

セバスさんの声が頭に響くと同時に、フレイムロックバードの眼前でベガが急旋回を始める。

目まぐるしく変わる視界の中、小回りの利くベガは翼から雲を引きながら捻るようにフレイムロックバードの死角に回り込む。

『気配を断ちます。ご主人様は攻撃の準備を』

フレイムロックバードの死角に回り込み、ある程度距離が取れたところで、クイの声が頭の中に響く。

ここからが勝負、いや、賭けだ！

完全に動きを止めたベガの上で、僕はクイを構える。

弓を引き、矢をつがえていない状態で弓に魔力を込める。基本、技の出し方はレヴィたちの固有能力と同じ。魔力を込めて合言葉を言う、ただそれだけだ。

ただ、今から放つ【光陰の矢】には溜めがいる。

慌てて僕を探すフレイムロックバードを、やや上空から見下ろしながら、焦る気持ちを無理やり抑え、魔力を込めていく。

一応認識阻害が効いているのか、僕のことが視界に入っているはずなのに、まだ気づかれていない。

残り十秒。早く早くと思う中、フレイムロックバードがついに僕を発見してしまう。

「まずい!!」

『フレイムロックバードより魔力の高まりを感知。すぐに回避行動を取るべきです』

クソッ‼　間に合わなかった。そう思ったそのとき――

『ここは拙者に任せ、主はそのまま技に集中されよ』

それは、今まで戦闘が始まってから一言も発していなかったイジスさんの声だった。そしてその声が勇気をくれる。

「分かりました。イジスさん、お願いします」

『御意』

今まで僕を守ってくれたイジスさんが言うのなら、きっと大丈夫だ。

嘴から魔力が溢れ出しているフレイムロックバードを見ながら、僕は決断した。

次の瞬間、フレイムロックバードの嘴は大きく開かれ、炎の息吹は放たれた。

視界を埋め尽くさんと迫りくるフレアブレスの炎。

「イジスさん‼」

『御意！』

イジスさんの声と同時に、目の前に突如出現した漆黒の盾は、フレアブレスを受け止めた。

イジスさんの防御を抜けた熱風が襲いくる中、僕は目を見開いてフレイムロックバードを睨みつける。

――大丈夫！　この程度なら問題ない。さすがはイジスさんだ。

『行けます!!』

そしてついにクイの声が聞こえ、そのときが来た。

「了解！　これでも喰らえ、デカブッ！　【光陰の矢】!!」

僕の叫びとともに、虹色に光る一条の閃光が放たれた。そして次の瞬間、閃光はフレイムロックバードの頭を撃ち抜いた。命を失ったフレイムロックバードは、力なく落ちていった。

えッ!?　今の何？　一瞬ピカッて光ったと思ったら、次の瞬間には頭を撃ち抜かれたフレイムロックバードの姿があった。

……とんでもない速さの一撃だ。しかも、あの硬かったフレイムロックバードの頭を、いとも簡単に撃ち抜く威力。いくら溜めがいるとはいえ、反則気味の威力の技だと思う。

ゆっくり落下していくフレイムロックバードを見ていると『やっと終わったね〜。じゃあ早く行こう』と、勝利の余韻に浸る間もなく、レヴィが僕にせっついた。

今回はやることなくって暇だったからだろうけど、僕自身は結構命懸けだっただけに、ちょっとイラッとするのは仕方ないよね。

まあ、これで無事勝利を収めることができたのだから、良かったとしておこうかな。

その後は一緒に戦ってくれた三人（レヴィを除く）にお礼を言って、フレイムロックバードの死体を回収した僕たちは、レヴィに急かされるように、再びノーステールに向けて移動を開始した。

◆ハンターになろう◆

フレイムロックバードとの戦闘後、幾度か魔物の襲撃に遭いながらも、瘴気の森を無事に抜け、さらにはその先にある大深林をも越え、いよいよ僕は人間界に戻ってきた。

空はすでに夕日で赤く染まりはじめている。そんな中、僕らはノーステールの街並みを、ベガに乗って上空から見下ろしていた。

「ここがノーステールか……」

ノーステールは、ユーレイディア大陸において、人間界最北の街としてそれなりに知られている。

でも、同じブリンテルト王国でも僕は東部出身なので、本当は名前程度しか知らないんだよね。

すぐ北は、魔物の領域の大深林があるわけだし、ハンターはそこそこ多い街だと思うんだけど、その辺は着いてからのお楽しみかな。

『人の街か、久しぶりだね～。楽しみ～』

そっか、レヴィやセバスさん、それにイジスさんも、千年ぶりの人の街になるんだよね。

『クイちゃんは、人の街に来たことある?』

あっ、僕も気になる。

『私はずっとあの森に住んでいましたから、人の街の行くのは初めてです。すごくドキドキワクワクします』

初めてか。そりゃ楽しみだろうな。

『どれほど美味しいものがあるのでしょうか、本当に楽しみです。うふふ……』

……うん。だいたいクイの性格が分かってきた気がする。いや、すでに分かっていた気もするけど……

『クイちゃん、何か楽しそうだね。クラウドも楽しみ？』

「え？　僕？　そうだな……。初めて行く街は、やっぱり楽しみ半分不安半分って感じかな」

『え～、なんで不安なんてあるの？　やっぱりクラウドはビビりなの？』

なんで、すぐそうなるんだよ。確かに多少怖がりなところはあると思うけど、ビビリってほどじゃない……はず。

「違うよ！　誰だって、初めて行く街は何があるか分からないんだから、多少は不安になるのが当たり前だと思うよ」

『何が起こるか分からないから楽しいんだよ』

好奇心旺盛な奴はみんなそう言うんだよ。だいたいそういうのは自己中心的な奴ばっかだ。レヴィみたいに。

「ハイハイ、もう僕はビビりでいいよ。それよりみんな、もう着くから地上に降りるよ」

『は～い』『かしこまりました』『了解いたしました』『御意』とそれぞれの返事を受け、ベガはノーステール上空をゆっくり旋回しながら、地上へと降りていった。

「近くで見ると、結構大きな街なんだな」

街を囲む無骨な石造りの壁を見て、僕は思わず呟く。

この街壁、高さは八メートル、厚さは四メートルあり、南北に三キロ、東西に五キロと全周約十六キロにわたり街を囲んでいる。ちなみにこの情報源は、当然セバスさんだ。ホントなんでも知ってるよね。

さらにセバスさんによる、ノーステールについての授業は続く。

『最北とはいえ、魔物の素材の産地としてブリンテルト王国内でも有名な街でございます。そのため、それらの素材を取り扱う商人も多くなり、自然と人口も増えて、今では人口二万を超える規模の街にまで発展したもようです』

へ〜。ということは、当然魔物を狩るハンターも多くいる街ってことだよね。

「ハンターを始める街としては、ちょうどいいかもしれないですね」

『左様でございます』

いよいよこの街から、僕のハンター人生が始まるのか。そう思うと、なんだか感慨深いものがある。

そんなことを考えていると、レヴィがつまらなそうな声を上げた。

『いつまで二人で話してるの、早く行こうよ』

というわけで、僕たちはレヴィに急かされ、さっそく人間界最北の街ノーステールの城門をくぐった。


まずはハンターギルドがどこにあるか、探さないといけないいな。

しかし、さすがは人口二万人を超える大きな街なだけはある。美しく並ぶ赤茶色の煉瓦造りの街並みがとても印象的なのもさることながら、大通りに並ぶ露店の数や、行き交う人や馬車が多くて、圧倒されてしまう。ここまで活気のある街を見たのは、人生で初めてだ。

街を見回すと、煉瓦造りの同じような建物ばかりで、どれがハンターギルドなのか全然分からない。このままぼーっとしていても見つかるわけがないので、とりあえずここは誰かに聞いてみよう。

誰かいい人がいないかなと周りを見回せば、ちょうどいいことに衛兵さんらしき人がこちらに歩いてくるのが見えた。

よし、あの人に聞いてみよう。

「あの、すみません。少し道をお尋ねしたいのですが」

「なんだ君は、旅の者か？」

よかった。怖そうな見た目だけど、ちゃんと話が通じそうな人だ。

「はいそうです。この街のハンターギルドに行きたいのですが、場所を教えていただけませんか？」

おそるおそる聞く。決してビビってるワケではない。

「ハンターギルドなら、そこの角を右に曲がって四軒目の建物だ。看板が出てるから見ればすぐ分かるはずだ」

衛兵さんらしき人は嫌な顔一つせず、教えてくれた。それだけでもいい街だな、と思ってしまう単純な僕。やっぱり第一印象って大事だよね。特に衛兵さんは街の顔みたいなものだから、道を聞いただけで威圧的に出られた日には、早く街から出ていこうって気分になっちゃうし。

「ありがとうございます。助かりました」

厳（いか）ついけど親切な衛兵さんらしき人にお礼を言って、教えてもらった場所を目指す。

『ね～ね～、クラウド。アレじゃない？』

レヴィ、剣形態で言われても、どこのことを言っているのか全然分からないよ。

仕方なく、自分で探していると、すぐにハンターギルドと書かれた、黒鉄（くろがね）でできた長方形の看板を発見した。

見た目は周辺の家と比べても、やや大きい程度でほとんど変わらない。当然赤茶色の煉瓦（れんが）造りの建物だし、これってもう、看板がなかったら絶対分からないレベルだよね。

唯一看板以外にハンターギルドと分かるものといえば、入口の木製の扉に付けられた、剣と斧が交差するデザインのエンブレムくらいかな。ただそれも、手の平サイズだけど。

これならよっぽど隣の酒場の看板の方が分かりやすい。

『早く早く、クラウド、早く入ろう』

レヴィ、ちょっとうるさい。こういうときには心の準備がいるのだよ。とはいっても、いつまでも扉の前で突っ立っているわけにもいかないか……

「はあ……了解。じゃあ入るよ」

そうみんなに宣言すると、不安いっぱいの気持ちを抑え、ハンターギルドの扉を開けた――

ハンターギルドの中は、ちょうどレヴィたちが封印されていた部屋と、同じくらいの広さだった。奥には大きなカウンターがデンと置かれ、そこに並んだ四人の受付嬢さんがハンターらしき人たちの対応をしている。

部屋の手前側には、教会のように長椅子が五列ほど並んではいるが、誰も座っていない。代わりに、部屋の壁をぶち破って繋がる隣の酒場には、多くの厳つい(いかつい)ハンターらしき人たちが、それぞれテーブルについて酒を酌み(くみ)交わしている。

外観とは違い、中は思ったよりも広いんだな。それに隣に並んでいた酒場とは、中で繋がっていたんだ。しかし、入口を分けている意味ってあるんだろうか?

それにしても酒場のみなさん、僕が入ってきたからって、そんなに注目しなくてもいいんですよ。

ハンター(たぶん)の方々は、みなさん厳つい(いかつい)顔をしていてとても怖いんだから。

あれ? ハンターのみなさん(たぶん)は、なぜか僕と目が合うと、慌てて(あわてて)視線を逸らして(そらして)いるような気がする。ん、なんで？

もしかして、迷宮から生還してレベル九十七――瘴気の森での戦いでもっと上がっているかも――になった僕の内面から、強者のオーラみたいなものでも出ているのかな？

……って、そんなわけないか。まあ、絡まれないのが一番だし、今のうちにさっさと登録を済ませちゃおう。

ということで、ちょうど空いた左端の受付嬢さんのところに向かった。

僕の対応をしてくれた受付嬢さんは、二十代半ばと思しき、褐色の肌に短めの赤い髪がよく似合うなかなかの美人さんだった。だがしかし、この受付嬢さん、歴戦のハンターといった方がピッタリなお姉様タイプだったりする。

「…………」

何だろうこの沈黙は……

受付嬢さんは、僕が目の前に立っても、品定めをするように見るだけで、何も聞いてくれない。

そこで、仕方なく僕の方から話を切り出した。

「すみません。ハンター登録をしたいのですが」

「……ふ～ん。で、二人ともかい？」

ん？　二人とも？

どういうことか分からず、とりあえず後ろを振り向いてみると、そこには筋骨隆々の騎士である

イジスさんが立っていた。

いつの間に……というか、酒場の人たちが目を逸らした理由が分かったよ。僕のそばに、いかにも強そうな人が立っていたら、そりゃ目も逸らすよね。僕なら絶対そうするし。

「えっと……。この人は付き添いで、登録するのは僕だけです」

なんか保護者同伴みたいで恥ずかしい。

いや、モノは考えようだ。イジスさんがいるから絡まれずに済む。安全！　そう、安全なんだ。素晴らしいことじゃないか。うん、これで納得しておこう。

「じゃあ、こいつに血を一滴でいいから垂らしな」

そう言って赤毛の受付嬢さんは、手の平にスッポリ収まるサイズの一枚の黒いカードと、先端の尖った解体用のナイフを僕に差し出した。

……自分で切って血を出せと？

マジか!?　これって自分で切らないとダメなの!?　マジ怖いっす!!

「おい、ボクちゃん。自分でかすり傷一つつけれんような奴は、ハンターなんて無理だ。もう先が見えている。登録なんてやめて、とっととお家に帰りな」

くっ！　ぐうの音が出ないほどごもっとも。ここはひと思いにブスっとやるしかない。

ということで、エイヤー!!　と気合とともに指先を思いきって切る。

……って、あれ？　思ったより全然痛くない。なんで？

まあいいや。ではカードに血を垂らしてと……おお、なんかほんのり白く光り出した。これで良いのかな？

「あのお、すみません。お待たせしました」

おずおずと血を垂らしたカードを差し出すと、受付嬢さんは「ふん、モタモタしやがって」と言って、引ったくるようにカードを奪った。

この受付嬢さん、ちょっと怖い。

「お前みたいなボクちゃんは、絶対無理をするな。まずは身の丈にあった魔物を相手にして、ちゃんと実力をつけるんだな」

あれ？　もしかしてこの受付嬢さん、僕のことを心配してくれている？　怖そうに見えたけど、ホントはいい人かも。

「名前はクラウドで合ってるな？」

受付嬢さんはカードを見ながら聞く。

「はい、合ってます」

「分かった。じゃあ今から登録してくるから、ちょっと待ってな」

受付嬢さんは僕を置いて、奥に行ってしまった。

することもなく暇なので、しばらく受付嬢さんの姿を目で追っていると、何やら作業をしながら他の女性職員と話しはじめたようだ。

よくは聞こえないが、女性職員から「お気に入り？」や「ツンデレショタ」なる声が聞こえた気がしたけど、たぶん気のせいだろう。

うん、立ち聞きは良くないよね。

そうだ。今のうちに、さっき気になったことをイジスさんに聞いてみよう。

「イジスさん、一つ聞きたいんですが。さっき指先を切ったとき、思ったよりも痛くなかったんですが、なぜか分かりますか？」

自慢じゃないが、今までの僕なら、泣かないまでも涙目になるのは確実だ。ホントに自慢にならないけど……

「それは主のレベルが、以前よりも高くなったことで、苦痛に対する耐性も上がったからでしょうな。それに、主のレベルなら先程の傷も、あと二十分もすれば、キレイさっぱり治るはずですぞ」

ほお、ホントだ。傷がもう塞がりはじめてる。

「レベルが上がると、そんな効果もあるんですね」

「左様。他にも状態異常に対する耐性や魔法攻撃に対する耐性も上がりますぞ」

へえ、そうなんだ。身体能力も明らかに前より高くなっているみたいだし、やっぱりレベルを上げるのって大切だな。

そうこうしているうちに、受付嬢さんが小走りで戻ってきた。

なんか顔が赤いけど、どうしたんだろ？

「お、終わったぞ。これがお前のギルドカードだ」

カウンターの上にポイッと、さっき渡した黒いカードを投げてよこす。

なんか受付嬢さん、さっきと雰囲気(ふんいき)が全然違うけど大丈夫かな？　なぜか俯(うつむ)きかげんで視線も合わせてくれないし。

「どうかされましたか？」

僕よりも五センチほど背が高い受付嬢さんを、下から覗(のぞ)き込むように声をかける。

「おおお、お前には関係のないことだ。それより早くカードを見ろ。い、いいか、今から説明するからな」

僕に関係ないってことだし、あんまり突っ込んで聞くのも失礼だよね。とはいえ今の受付嬢さん、なんだかとても慌(あわ)てていて可愛(かわい)らしいと思ったのは僕だけの秘密だ。

では、怒られる前にカードを確認しよう。

「じゃ、じゃあ、ギルドカードについて説明するぞ。カードに書かれている項目は三つ、【名前】【ランク】【ランキング】だ」

うん、確かに。

名前はいいとして、【ランク】には『E』、【ランキング】には『圏外』と書かれている。

「名前はさっき確認したからいいな、もし違っていたら言ってくれ。じゃあ【ランク】から説明を始めるぞ」

受付嬢さんもようやく落ち着いたようで、最初のときの調子を取り戻してきたみたいだ。顔はまだ赤いけど……

受付嬢さんの説明を要約すると、【ランク】は実績に応じ、E↓D↓C↓B↓A↓Sの順に上がっていく。

【ランク】を上げるには、魔物を倒す必要がある。魔物にはそれぞれ討伐ポイントが設定されており、過去三年間の累積討伐ポイントで【ランク】が決まる。

【ランキング】も同じで、過去三年間の累積討伐ポイントにより、上位五千人が【ランキング】される。

【ランク】は常時更新されていくらしいが、【ランキング】は一週間に一度だけ更新される。

「――って感じだ。仕組みは神様が創ったもので、細かいことは一切分かってないから聞かないでくれ。ちなみに魔物ごとに設定されているという討伐ポイントも、どういう設定になっているか全く分かっていない。一応、高レベルな魔物ほど高い討伐ポイントが設定されているようだが。とはいっても実際ホントに不明だから、自分がいったいどれだけ討伐ポイントを稼いでいるか分からないんだよな。まあ、【ランク】が高かろうが【ランキング】が上位だろうが、扱いはみんな同じだ。気にする必要もないぞ」

そう言うと、受付嬢さんは笑顔で手を横にパタパタする。

そうなんだけど、やっぱり【ランク】や【ランキング】の上がり下がりに一喜一憂しちゃうよね。

だって男の子だもの。

「神様が遊び心で創ったものだ。真面目に考えず、上がった下がったを軽い気持ちで楽しんで、無理や無茶はしないように頑張りな。死んだらそれで終わりだしな」

やっぱりこの受付嬢さんはいい人だな。見た目ツンツンしてて怖いけど、笑うとすごく可愛いしね。

「ありがとうございます。ボチボチ頑張ります。あっ、あと、魔物の素材を売りたいんですが、どうすればいいですか？」

危ない危ない。聞くのを忘れるところだった。お金も持たずに迷宮に飛ばされたわけだから、今すかんぴんなのよね。このままじゃ宿にも泊まれない。

ということで、素材買い取りについて受付嬢さんに聞くと「それなら、そこの買い取りカウンターに持っていきな」と、一番左端の誰もいないカウンターを指差した。

誰もいないみたいだけど、行けば誰かが出てくるだろうと、赤毛の受付嬢さんにお礼を言って買い取りカウンターに移動する。するとなぜかそこに、先ほどの赤毛の受付嬢さんがやって来た。

不思議そうにする僕に「人手不足なんだよ」と真っ赤な顔で言う赤毛の受付嬢さん。なんとまあ可愛らしいこと。

その辺は気にせず、迷宮で倒したガルムの魔石と素材を、セバスさんのアイテムボックスから取り出し、カウンターの上に置いた。

「こ、これどうしたんだ!?」

うん、そりゃそうなりますよね。レベル三百の魔物の魔石と素材だもんな。驚きすぎているようで、激レアなはずのアイテムボックスにはノータッチだし。

「まあ、色々とありまして」

話を濁すつもりはないけど、説明が難しいからね。

「悪りぃ、ハンターに対して詮索はなしだったな。すぐに査定するから、ちょっと待っててな」

この受付嬢さん、やっぱりいい人だ。

しばらく待っていると査定が終了したようで、受付嬢さんが布袋を持って戻ってきた。

「待たせたね。さっそくだが、今回の査定金額は百五十万ゴールドだ。問題ないか?」

百五十万ゴールドって、いきなりとんでもない大金が手に入ってしまった。問題ないどころではない。ガルムってやっぱりすごかったんだな……

「はい、それでよろしくお願いします」

僕がそう言うと、受付嬢さんは周りには聞こえないよう小声で「この中に白金貨一枚と金貨五十枚が入っている。確認してくれ」と言って、布袋をガシャリと僕の前に置いた。

ちなみに、通貨は銅貨百枚で銀貨に、銀貨百枚で金貨に、金貨百枚で白金貨になる。ちなみに銅貨一枚が一ゴールドだ。

これほどの大金だ。普通こんなところでは、とてもじゃないが怖くて確認できない。でも、アイテムボックスに収納すれば、セバスさんが勝手に確認してくれるはずだから僕的には問題なし。

ということで収納。『確認完了いたしました。間違いございません』とセバスさんから報告あり。

やっぱりこれって便利だよな。

「問題ないです」

「ほお、アイテムボックス持ちか。お前、思ったよりもすげー奴かもな」

どうやら、ようやくアイテムボックスに気が付いたみたいだ。しかしこの受付嬢さん、アイテムボックスを持っているってだけで、僕のことを少し認めてくれたみたいだ。それだけでって気もするけど……

「まだまだ、全然ですよ」とだけ答え、受付嬢さんに挨拶をして僕はギルドを後にした。

◇　◇　◇

ハンターギルドを出た僕は、次に今日の宿を探すことにした。

太陽はまだ沈んでいないけど、知らない街なので、少し急いだ方がいいかもしれない。とりあえず、宿屋がありそうな大通りに移動しよう。

夕方の大通りは、家路を急ぐのか多くの人々が行き交い、この街の活気の良さを感じさせる。

そんな中、宿屋を探していると、屋台が多い場所に来たらしく、周りから漂う肉を焼くいい匂いが僕の胃袋を刺激した。

いい匂(にお)いだな。買い食いでもしようかな。

何がいいだろう？　大猪(おおいのしし)の串焼きもいいけど、牙鶏(きばどり)のモモ焼きも捨てがたい。しかし屋台と言えば、野菜と牙鶏(きばどり)肉をナンで包んだラコスって選択もあるよな。

あれこれ迷っていると、服の裾(すそ)を誰かに引っ張られた。

「ん？　何？」

振り向くと、クイが物欲しそうな顔をして僕の服の裾(すそ)を摘(つま)んでいた。

いつの間に人化したんだよ。ていうか僕の装備たち、毎回毎回自分勝手に人化し過ぎでは？　ここ街中(まちなか)だよ。

「ご主人様、あれ食べたいです」と、クイは大猪(おおいのしし)の串焼きの屋台を指差す。

絶対この娘(こ)、食べ物に釣られて契約したよな。まあ、瘴気(しょうき)の森ではクイのおかげで助かったんだから、文句はないけどさ。

「はあ、分かったよ。他のみんなはいる？」

「ボクも食べたい！」と、こちらもいつの間にか人化したレヴィが言う。

「拙者は不要ですな」とイジスさん。騎士だから人前で買い食いしないのかな。

『心遣いありがとうございます。しかし、私も必要ございません』と、腕輪のままでセバスさんが答えた。

とりあえず串焼きを三本購入して、僕とレヴィとクイで一本ずつ食べる。

「モグモグ、クイちゃんこれ美味しいね〜」

レヴィが幸せそうに串焼きを食べながら、クイに話しかけたけれど、彼女はそれどころじゃないようで、真剣な表情で串焼きに食らいついている。

そんな二人の様子を見ながら、僕も串焼きにかぶりつく。

うん、やっぱり美味い。大陸中どこでも食べられるだけあって、さすが安定の美味さだ。クイの奴、もう食べ終わったのか？　僕の串焼きをじーっと見てるけど、僕の分はあげないよ。

クイの視線を無視して僕は自分の分を食べきると、クイがうなだれている。もう半べそ状態だ。

食べ物ごときでそこまで落ち込むのか？　どれだけ食べたかったんだよ。欠食孤児でもあるまいし。

仕方ないな。見ていて可哀想になってきたので、一本だけってことでおかわりを買ってあげることにした。だが、レヴィが「ボクも」と言い出したので、結局大猪の串焼きを二本買った。

二人とも大変幸せそうに食べていたので、僕としても買ってあげた甲斐があったというものだろう。

さてと。本題の宿屋だけど、どうしようかね？

あっ！　その前に何人部屋をとればいいんだ？　一応シングルの部屋でも問題ないと思うけど、さすがにみんなが人化すると、シングル部屋では狭い。まあ宿屋にいる間は、人化しないでアイテム形態でいてもらえば問題ないんだろうけど……

よし、ダブルの部屋に泊まることにしよう。それならみんなが人化しても問題ないだろう。寝るときはどうせ一人で寝るんだしね。

ということで、二人が串焼きを食べ終わったみたいなので、さっそく宿屋探しに戻ることにしよう。

その後、割とすぐに良さそうな宿屋を見つけた。

大通りに面した、こぢんまりとした宿屋だ。例に漏れず、この宿屋もノーステール独特の赤茶色の煉瓦(れんが)でできた建物だった。

宿屋の名前は【最北の隠れ家亭】と言うらしい。なんというかそのまんまだな。

みんなには一度アイテム形態に戻ってもらい、【最北の隠れ家亭】に入った。

「いらっしゃい。食事ですか？　泊まりですか？」

笑顔の素敵な黒髪のおじさんが、僕を出迎えてくれる。

「泊まりです。一人ですがダブルの部屋でもいいですか？　もちろん正規の値段は払いますので」

そんな僕の不躾(ぶしつけ)な要望にも、おじさんは嫌な顔一つしないで「いいよ」と言ってくれた。ここはどうやら当たりの宿屋っぽいかな。

それから、宿泊料四百五十ゴールドを支払い、案内されるがままに二階の部屋へ移動した。

案内された部屋は、広めだが簡素な造りだった。

壁は外と同じ煉瓦(れんが)だけど、床はフローリングになっていた。部屋の中にはダブルベッドが一つに四角テーブルが一卓、それに椅子が二脚。他にはテーブルの上の燭台(しょくだい)があるくらいで、他は何もない。いわゆる一般的なランクの宿屋だ。

僕的には高級宿のような魔法のテントよりも、こういったシンプルな造りの方が落ち着くかな。

『みんなもう人化してもいいよ。ただここでは念話で話してね』

一人で部屋を借りているのに、部屋の中から話し声が聞こえてもおかしいから、そこは仕方ないだろう。

許可を出した途端、レヴィの『やった〜！』という嬉しげな声を合図に、みんなが一斉に人の姿に変化した。

ダブルの部屋とはいえ、さすがに五人でいると狭いな。

みんなが思い思いの場所に腰かけると、さっそくセバスさんが話しかけてきた。

『クラウド様、明日からのご予定ですが、いかがされますか？』

僕はベッドに腰かけながら、セバスさんの問いに答える。

『そうですね。ガルム戦後、レベルが飛躍的に上がったのはいいのですが、僕自身は戦闘経験がないに等しく、正直今のままではとても上を目指せるとは思えません。だからこれからは、実戦を交えた訓練を主にしていこうと思っています』

戦闘経験がないから、魔物と対峙しただけで緊張して動きが硬くなる。技術がないから、力任せや装備任せの強引な戦い方しかできない。それではとてもじゃないが、ハンターなんてやっていけない。

だからそのために、実戦を交えた訓練が必須になってくる。

『かしこまりました。では、我々もでき得る限りサポートさせていただきます』

うん、みんながいれば心強い。

『ありがとう。みんなには迷惑をかけると思うけど、よろしくお願いします』

ということで、明日からの予定が決まった。まずは自分のレベルに見合った実力と実戦経験を身につけないとな。

◆訓練を始めました◆

「クソッ!! 離せ！」

僕は今、鬱蒼(うっそう)とした森の中で、巨大な青いスライムの触手に捕まり、全く身動きが取れないでいた。

やがてスライムは自らの体に僕を取り込もうとしているのか、僕の全身を粘液で覆いはじめる。

「うっ、や、やめ……」

ダ、ダメだ。息ができない。クソッ、このままじゃ……
必死にもがき、スライムから脱出しようと試みるが、ムミュムミュと柔らかい体のせいで力が伝わらない。

ヤバい。ホントに、し、死ぬ。スライムなんかに殺される。

クソッ!!　こんなところで――

「死んで、死んでたまるかァァ!!」

僕は残る全ての力を振り絞り、命を懸けて最後の抵抗を試みた――


「がはッ!!」

一気に肺の中に新鮮な空気が入ってくる。それと同時に、朦朧としていた意識が急激に覚醒していく。

「ハア、ハア、ハア……。し、死ぬかと思った……って、あれ？」

周りを見ると、昨晩寝る前に見た煉瓦の壁。そしてお尻の下には、少し硬いベッドの感触。

……昨日泊まった部屋……だよな、ここ……

あれ？　どういうことだ？　確か僕、今まで森でスライムと戦っていて……

ほら、あのスライムの感触が今もしっかりとこの手に残って……

あれ？

むにゅむにゅ……？

ん？

むにゅむにゅ……？

「……うわッ!!　ななな、えッ!?　な、何!?　何が……!?」

僕の右手には、なんとも言えない柔（やわ）らかい感触。とても気持ちいい……。幸せ……って、そうじゃない!!

「ななな、なんで!?　なんでレヴィがベッドに!?　っていうか、なんで全裸なの!?」

「う、う～ん、いや～ん」

ヤバッ！　ちょ、ちょっと色っぽいかも……。そうじゃなくて、どうしよう？　レヴィの奴、もう起きちゃうよ。

「ん、ん～、ふぁ～。……あ、クラウド、おはよう」

あっ！　あっさり起きてしまった。

「う、うん。おはよう。ところでレヴィさん。なぜ、は、裸で僕のベッドの中にいるのでしょうか？」

見えちゃダメなところが何もかも見え過ぎだよ。チェリーでボーイな僕には、色々と刺激が強過ぎる。

レヴィは自分の姿を確認すると――

「だって裸の方が楽だし、このまま人に抱きついて寝ると、すっごく気持ちが良いんだよ」

と、笑顔で答えた。

な、なんて眩しくて素敵な笑顔なんだ。

しかしこれですべて分かった。なんで僕がベッドの中で窒息死しそうになったのか。そして『むにゅむにゅ』の正体も。

ちくしょう。腹が立つのに嬉しいじゃないか!!

怒るに怒れない。ホントにもうけしからん!!

でも、これからどうしよう？　毎回寝るたびにこんなことでは困るよね。いや……困らないかも。むしろ嬉しい。だって健全な男の子なんだもん。そこはもう仕方ないよね。ということで、こうする。

「一応ベッドに入るのも抱きつくのも許すけど、今後は僕のことを窒息死させないように気を付けてください。ホントそこは命に関わるので、ちゃんとお願いします」

ベッドに入ってくるのも抱きついてくるのも許してしまった……。チェリーなボーイの悲しさ。魅惑の感触たる誘惑に負けてしまうのも、仕方のないことだと思う。

「仕方がないな～。分かったよ～ん」

返事が少々ムカつくが、今回ばかりは大目に見てやろう。

さあ、そんなことよりも、せっかく目が覚めたわけだし、もうこのまま出発の準備でも始めようかな。

今日からいよいよ、ハンターとしての修業が始まるんだ。精一杯頑張るぞお!!

◇　◇　◇

――ただ今僕は、今度こそ本当に森の中に来ている。

ここはノーステールのすぐ北に広がる、〝大深林〟と呼ばれる広大な森の中。この針葉樹の生い茂る場所へ、僕は訓練のためにやって来ていた。

手始めにまず、ランクの低い魔物を見つけて戦ってみよう。それで今の自分がどれだけ戦えるか、ある程度確認できるはずだ。

……とはいっても、ランクが低い魔物でもスライムだけはやめておこう。なんとなく今日見た夢みたいなことになりそうな気がする。

というわけで、大深林を魔物を求めて探索中である。

セバスさんにお願いして周辺を探索してもらうと、すぐに一体でウロウロしているはぐれゴブリンを発見した。

ゴブリンは世界で最も数が多く、どこにでも生息している魔物だ。力は弱く、武器を持った大人なら誰でも倒すことができる程度の能力しかない。とはいえ、数に任せて襲ってくることも多く、意外と危険度が高い魔物でもある。

まあ、今の僕なら一体くらい苦戦すらしないはずだ。

「セバスさん、ゴブリンのレベルって分かりますか？」

『ゴブリンの一般的なレベルは、三～五と言われています。ちなみに、目の前にいるゴブリンのレベルは四でございます』

このゴブリン、迷宮に飛ばされる前の僕と同じレベルなんだな……。なんと言いますか、ちょっと複雑な気分かも。

『クラウド、早くやろうよ』

レヴィめ、簡単に言ってくれる。いくらレベルが上がったといっても、怖いものは怖いんだよ。

もう少し覚悟をする時間が欲しい。

『主よ、拙者がおりますゆえ、ご安心なされよ』

いつもイジスさんは優しいな。やっぱり盾だけに頼り甲斐があるよね。

そのとき『ご主人様、ゴブリンがこちらに気が付きました』とクイが報告をしてくる。

マジで？　心の準備がまだなんだけど……

『クラウド、モタモタしない！　行くよ』

そう言うと、レヴィは剣形態のまま、僕をゴブリンの近くまで無理やり引きずっていく。

なんだこれ？　はたから見たら、剣に引きずられる人間なんてどうなんだ？　なんとも不思議な光景なんだろな。

　案の定ゴブリンが不思議そうに、小首を傾げてこちらを見ている。

　緑の肌で鋭い牙を生やした鉤鼻の小鬼。身長は僕の胸までしかなく、ボロい布切れを纏い、右手に錆びた短剣を持っている。

　そんな姿の奴が不思議そうに小首を傾げていても全く可愛くありません。

　仕方ない。ここまで来たらやるしかない。大丈夫、ゴブリンごときに負けるはずがない。

　ようやく覚悟を決めると、ゴブリンを睨みつけ、レヴィを構える。

　それを見たゴブリンは、僕を敵と見定めたのか、一つ叫び声を上げて猛然と襲いかかってきた。

　あれ？　なんだろう？　ゴブリンの動きがすごくゆっくりに見える。これなら攻撃も簡単にかわせる。

　ゴブリンの振るう短剣の刃を余裕を持って避け、お返しとばかりにレヴィを一振りする。すると、なんの抵抗もなくレヴィは振りおろされ、ゴブリンの体は血を吹き出しながら上下に切断された。

「……す、すごい。これがレベル百クラスの肉体の動きなんだ……」

　これまでとは明らかに、スピードもパワーも桁違いだった。それどころか、相手の動きまでゆっくり見えるし、体も自分のイメージ通りに動く。これなら――

『全然ダメ！　今のクラウドは、ただ単に力任せにボクを振り回しているだけだよ。全然なってないよ』

うっ、全くもってその通り過ぎて、何も言い返せない。

『今のままのクラウドじゃ、同レベル帯の相手と戦うことになったら、何もできずにすぐ殺されちゃうよ』

……ごめんなさい。急にレベルが上がって強くなれたものだから、ちょっといい気になっていました。

「じゃあレヴィさん、僕はどうしたらいいのでしょうか？」

なんか、鼻が伸びきる前に、きっちり叩(たた)き折られた気分だ。

『ん〜、そうだね〜。それじゃあボクが鍛えてあげるよ』

「……はい？」

剣のレヴィが鍛える？　聞き間違いか？

『だから、剣での戦い方をボクがちゃ〜んと、教えて、あ・げ・る』

「…………」

聞き間違いではなかったのね……

『なんで黙るんだよ。ボクは真面目(まじめ)だよ。これでもボクは剣だからね。クラウドなんかより全然剣の扱いはうまいんだよ』

……なるほど。確かに一理ある。今までレヴィはずっと剣として生きてきたのだし、仮にも英雄エルザの愛剣でもあったわけだし。そういうものかもしれないな。……なら大丈夫か。

「それじゃあ、お願いしようかな」

『了解～、任せてよ』

相変わらず軽いなあ。だから不安になるんだよな。

『ならば、拙者は盾の扱いをご教授いたしましょうぞ』

はい？　イジスさんまで急に何を……

『では私は、弓の使い方をご主人様にお教えいたします』

おいおい、クイまでも……

『それでは私が魔法ですね』

はあ、やっぱり最後はセバスさんも、ですか……。なんとなく流れ的に展開が読めたけどね。

そういうわけで、今日このとき、僕にいきなり四人の師匠ができた。

◇　◇　◇

「え～、これから剣術の訓練を始めます。訓練中はボクのことを先生と呼ぶように。分かりましたか？　クラウド君」

どこから出したのか、少し大きめの黒ぶちメガネをかけたレヴィが、なんとも偉そうに笑顔で僕の前に立っている。

……くっ！　ちょっと可愛いじゃないか。

ここは大深林の中でも少し拓けた場所。戦闘訓練をするのにちょうど良さそうな空間で、僕らはそこの中央で向かい合うように立っていた。

「分かりました。で、レヴィ先生、どんな訓練をするんですか？」

レヴィは僕の質問に満足そうに頷く。

「クラウド君、良い質問です。これからクラウドはボクと、ひたすら実戦形式の稽古をしてもらいます。そんで、クラウドのダメなところを見つけ次第、ボクがその都度指摘するって感じかな。戦いながらきっちり鍛えてあげるから安心してね」

……全くと言っていいほど、安心できないのですが。

「えっと、もう少し安全な、型とかの練習から入りませんか？」

せめて剣術の基礎だけでも教えて欲しい。

「え～、面倒くさい～」

おいっ、レヴィ！　今、なんの躊躇いもなく面倒くさいと言いやがったな。

しかしここで怒ってはダメだ。まずは冷静に説得を試みてみよう。

「そこをなんとか。やっぱり基本は大事でしょ」

ホントお願いします。天神ファラリス様にこの願いよ、届け。

「ん～、やっぱり却下！　型よりも実戦的な訓練だよ」

ダメだった……僕の願い、天神様に届かず、か……。僕、今日の訓練で死ぬかも……

いや、待てよ。確かレヴィって、僕の魔力で人化していて、身体能力的には僕と互角って言っていたはず。ならば、実戦形式とはいえなんとかなるかもしれない。

いや、ここはなんとかして見せる！

…………で、結論。なんともならなかった。

はっきり言って、それはもう地獄としか形容できない特訓だった。

いつも着ている可愛らしい白のワンピース姿から、白く輝く凛々しい鎧に着替え、僕の目の前に笑顔で仁王立ちするレヴィ。はたから見る分には可憐で素敵だ。

しかしそんなレヴィの前に、僕は跪き肩で大きく息をしていた。

ダメだ……。実力が全然違う。身体能力はほぼ同じはずなのに、まさかこんなにも差があるなんて……。全く歯が立たない。

「まだまだ動きに無駄が多いよ。せっかくイジスを装備してるんだから、もっと利用しないと。って、クラウド、ちゃんと聞いてる？」

聞いてるけど、返事をするだけの気力が残ってない。

「はあ、仕方ないな。セバス、お願い」

レヴィがそばに立つセバスさんに言った。

さっきから何度もしていることなので、何をお願いしているのか嫌でも分かる。

「クラウド様、失礼いたします」

セバスさんは一言断りを入れると、優しく僕の背中に触れる。すると、体の中から何かを引っ張り出されるような感覚とともに、自分の空になっていた体力が急激に回復していくのを感じる。

これは、僕の魔力を体力に変換するという、忘れ去られた古の魔法をセバスさんが使ったことにより起こった現象だ。

実はさっきから、僕の体力が尽きるたびに、セバスさんがこの魔法を使って、僕の魔力を無理やり体力に変換していたのだ。

おかげさまで、僕の体力がすぐに回復するせいで、休憩は一切なしで訓練が続けられてしまっているのだ。

二人曰く、これには二つの狙いがあるそうだ。

一つは、当たり前だが体力がすぐに回復するため、戦闘訓練の密度を濃くできること。そして二つ目は、セバスさんが使った魔法は、僕の魔力を使って体力を回復させるものだけに、僕自身が魔力の動きをじかに感じられることから、魔法の訓練にもなるらしい。

つまりこの特訓、体力が尽きても終わることがない、非情無情の地獄の特訓ループというやつなのだ。

ちなみにこの地獄の特訓ループ。僕の魔力が尽きたとしても終わることはない。なぜなら、魔力が尽きて気を失うたびに、セバスさんが持っているマナポーションを使って魔力を回復させて特訓を再開させるからだ。まさに鬼仕様の特訓だったわけだ。

しかも、これにも意味があるらしく、魔力が尽きると最大魔力量が上がる現象を利用して、どんどん魔力量を強引に増やしていくという一種の裏技的な方法を実践してるらしい。

まさに一石三鳥とも言える素晴らしい特訓方法だそうだ。やられた本人としては堪ったものではないが……

ちなみにマナポーションは一つが金貨一枚するような超高級品。しかも一回で増える魔力量なんて微々たるもの。そのため、誰もこんな方法を真似しようとは思わない。というか、お金がかかり過ぎてたとえ貴族でも無理だよね。

なのになぜ、僕にはこの方法が可能なのか？

答えはやっぱりセバスさんにある。セバスさんはどうやらマナポーションを一日一本自動生成することができる魔道具を持っているようで、封印されていた間もずっとその魔道具がマナポーションを生成し続けていたらしい。現在少なくとも、三十六万本以上ものマナポーションを持っているという。

三十六万本って、いくらなんでも多すぎだろ……とは、その話を聞いたときの僕の感想だ。

「さあ、体力も回復したみたいだし、すぐに続きを始めるよ！」

僕の気持ちなど無視するかのように、レヴィの非情な宣言が大深林にこだました。

この地獄の特訓ループ、いつ終わるか全く分からない……

夕日が森に沈みはじめた頃、ようやくこの日の特訓が終了した。

「初日でこれでは、ホントに死んでしまう」

僕は地面に大の字に寝転び独りごちる。そんな僕を覗(のぞ)き込むように、レヴィは満足そうな笑顔をたたえていた。

「クラウドは大げさだなあ。ちゃ～んと、死なないように加減してるから大丈夫だよ～。安心して任せてよん」

どこがだよ！ってツッコミを入れても、どうせ無駄なんだろうな……

「それに明日からは、ボクとイジスでの剣術の訓練だけじゃなくて、セバスやクイちゃんの魔法と弓の訓練も合わせてやっていかなきゃだから、もっとも～っと大変になるよ」

どうやら地獄の特訓ループは、今日はあくまでもお試しで、明日からがいよいよ本番だったようだ。あり得ねえー！

果たして僕は、生きてこの地獄の特訓ループを終えることができるのだろうか……

僕はレヴィの言葉に答える気力もなく、ただただ夕日に紅く染まる空を、感傷に浸りながら眺めていた。

「クラウド様、今日は初めての訓練でお疲れになられたでしょう。明日もこちらで訓練を行うのに、わざわざノーステールまで戻るのも大変でしょうから、本日はこちらで魔法のテントにて休まれてはいかがでしょうか？」

僕の意見など聞かれることすらなく、明日もここで訓練をするのは決定事項らしい。一応僕がみんなの主人のはずなのだから、せめて意見くらい聞いてくれてもいいのにな……

とはいっても、いつものみんなの僕に対する扱いを見る限り、そういったことはもう諦めた方がいいのかも。

「そうですね。今日はホントに疲れました。もうここで休ませてもらいます」

「かしこまりました。すぐに準備をいたします」

と言うが早いか、魔法のテントを出現させてすぐさま設営していく。

セバスさんは、相変わらず抜かりないな。

「では、今より夕食の準備をいたしますので、クラウド様はしばしテントの中で、体を休めてお待ちください」

といった感じで、僕の山籠もり特訓生活がほぼ強制的に始まった。

ここは山じゃなくて森だけどね……

「それではこれより魔法の訓練を、僭越ながらこのセバスティアン・ラファエリが担当させていただきます」

今日の午前中は魔法の訓練で、担当師匠はセバスさんだ。

場所は昨日と同じ森の中の空き地。その中央で僕は、セバスさんと向かい合うように立っていた。

「一つお伺いいたしますが、クラウド様の魔法の適性属性は何でございますか？」

うっ……言いたくない。しかし、これから魔法を教えてもらうという立場なので、答えないわけにもいかない。嫌だなあ、だって――

「あ、ありません」

そう、僕には魔法の適性属性というものがないのだ。

適性属性なしというのはこの世界、アルケーディアでは決して珍しいことではない。それでもやはり、世間全体から見るとかなり少ないのも確かで、だいたい百人に一人いるかどうかとのこと。で、この適性属性がない人には、一つ大きな問題がある。それは魔法に対して、全くと言っていいほどに素質がないのだ。

しかも微妙なのが、適性属性がないと言っても、決して魔力が少ないわけでもないし、全く魔法を覚えられないというわけでもない。とにかく実戦レベルの魔法を習得することが極端に難しいのだ。

どれぐらい難しいか、簡単な例を挙げよう。

火属性魔法に適性がある人は、火魔法の成長力を十としたとき、風・土・光・闇魔法の成長力が三、反対属性の水魔法の成長力が〇になる。

それに対して適性属性がない者は、全ての属性の成長力が一にしかならない。ただ唯一の利点としては、反対属性がないため、全ての基本属性の魔法を、一応だが覚えることが可能ではあるのだが……。あくまで理論的には可能というだけで、成長力を考えると、実際には不可能と言わざるを得ない。

さらに言えば、これらは基本属性（火・水・風・土・光・闇）に対する成長速度を表すもので、これ以外の上位属性や特殊属性などに関する成長力までは知らない。ただ上位属性に関しては、その下位の適性属性を持っていなければ覚えることができないと言われているので、まず習得するのは無理だろう。

長々と説明というか言い訳を連ねてしまったが、要は僕には魔法の才能が、全く、一切、壊滅的に、ないということなのだ。

こんな出来損ないの主人にセバスさん、ガッカリしていないかな？　思わずこっそり顔色を窺（うかが）ってしまう。

「クラウド様は、すべての属性に適性反応がなかったということでしょうか？」

さらにヘコむから確認しないで……

「はい。……そういうことになりますです」

なんとなく丁寧に答えてみる。なんだか変な言葉使いだけど。

「なんと……!!」

珍しく声を上げて驚きの表情を見せるセバスさん。

いや、そこまでショックを受けなくても。仕方ないじゃん。なんと言われようがないものはないんだから。

「素晴らしい!!」

何が？　どうしたセバスさん？　もしかしてショックで頭がおかしくなったか？

「さすが、クラウド様。素晴らしいです」

急にどうしたの？　どうか説明をお願いします。

「セバスさん、素晴らしいって、どういった意味でしょうか？」

「おお、これは失礼いたしました。クラウド様が全ての属性に適性がないということはつまり、全ての属性の魔法を習得可能であるのです。それに対しての私からの純粋な賛辞でございます」

賛辞って……。ますますよく分からないよ。

「全てのって言っても、六大基本属性（火・水・風・土・光・闇）を一応なんとか習得できるってくらいじゃないですか？」

「いえ、クラウド様は勘違いをされておられます」

「勘違いって？」

「全てのというのは、本当に全ての属性魔法が習得可能なのでございます」

……えっと、どういうこと？　いまいち理解が追いつかない。

「クラウド様のような適性属性のない方のことを、千年前は無垢属性と呼んでおりました。そしてこの無垢属性の方は、適性属性のある方と違い、六大基本属性魔法から始まり、上位属性魔法、特殊属性魔法など、すべての魔法属性を習得することが可能なのでございます」

――なッ!?

「六大基本属性なら努力次第で多少は習得できるとは聞いてましたが、上位属性や特殊属性の魔法まで、僕みたいな適性属性なしの者が習得できるなんて一回も聞いたことないよ」

「それは成長力の問題でございます。上位属性や特殊属性の魔法になりますと、成長力が六大基本属性の十分に一にまで落ちてしまうため、普通に努力した程度では習得することなどまず不可能なのです」

六大基本属性の十分の一って、やっぱり実質不可能じゃないか。でもこのセバスさんの反応を見る限り、可能にする何かしらの方法を知っているのではないだろうか？

いや、おそらくセバスさんのことだから、どうせ知っているんだろうな……

「で、セバスさんは、その不可能を可能にする、全ての属性の魔法を習得する方法を知っているんですか？」

セバスさんは僕の質問に柔らかな笑顔で一つ頷き「はい、もちろん存じております」と答えた。

おお、やっぱりというか、さすがセバスさんだ。つまりその方法さえあれば、僕の努力次第で全ての魔法属性を使いこなせるようになるってことだよね。ウフフ、ヤバイ、ニヤケそうだ。

そんな僕を無視するように、セバスさんは説明を始める。

「私は本来、【知識の腕輪】と呼ばれる魔道具でございます。私の同種の者たちである【魔導の腕輪】は、ある目的を持って作られた魔道具でした。しかし、その【魔導の腕輪】も現代にはほとんど残っておらず、【魔導の腕輪】の本来持つ目的を知る者も誰一人として生きてはおりません。ゆえに、現代にはその方法が伝わっていないのでしょう。ですが、知性魔道具（インテリジェンスアイテム）である私は【魔導の腕輪】としての本来の目的を知っております」

「本来の目的とは、全ての属性魔法の習得、ですか？」

「さすがクラウド様、その通りでございます。私の本来の存在意味は、無垢（むく）属性の者の力を解放すること、魔導の極みに導くことでございます」

魔導の極みに導くって、なんかいきなり大きな話になってきたのでは？

「エルザ様も、クラウド様と同じ無垢（むく）属性の方でございました」

マジですか？　あの英雄エルザも僕と同じ適性属性なし……。もとい、無垢（むく）属性だったなんて、ちょっと、いや、すごく嬉しい。

「私の本来の能力は、全ての魔法属性の成長力を、最大まで引き上げることにあります。この力を持ち、さらに魔導の修練を積めば、いずれ魔導の極みへと届くことも可能となるでしょう」

聞く限り、どうやらとんでもなくすごいことになりそう。

諦めていた魔法の習得が現実になったのだ。しかも、全属性取得というおまけ付きで。

これはもうやるしかない。これでやらなきゃ男じゃないぜ。どんと来いや、地獄の特訓ループ。

この地獄の特訓ループが始まって以来、初めてやる気が湧いてきた。見てろよ、やってやるぜ!!


——といった感じで、威勢が良かったのは最初だけだった。

魔法の特訓は魔法の特訓で、それはまさに地獄だった。予想だにしない理由で……

何がって？　それは魔法の特訓だったはずなのに、なぜかいつの間にか槍を持ったレヴィに、散々突き回されることになったからだ。

セバスさん曰く、瞬時の魔力操作でピンポイントに障壁を作り、槍での攻撃を防ぐ訓練だとか。

あれ？　これ、魔法の特訓じゃないよね。そう思っていたら、こうすると魔法の基本である魔力操作が実戦的に向上させられるうえ、物理戦闘訓練にもなるという、素晴らしい魔法の訓練方法……だそうだ。

僕からしたら、こんなのただの拷問でしかない。

そんな魔法の特訓とは名ばかりのものが午前中いっぱい続いた。そして午後からは、レヴィとイジスさんによる、地獄の特訓ループ剣術編が開催されたのであった。

ちなみに、地獄の特訓ループ剣術編の後にはクイ先生による、弓の特訓があったのだが、こちらは特にこれと言ったことはない。ただひたすら恐怖に耐え、突撃してくる魔物に向けて弓矢を撃ち続けるという訓練だった。唯一気になることがあるとしたら、クイ先生は弓のことになると、性格が急変してしまうことくらいだろうか。いや、正直あれはマジ怖かった……

◇　◇　◇

深い深い深緑の森の中、僕の目の前には大地を斬り裂いたように巨大な亀裂が走っている。

ここは大深林よりもさらに北、瘴気の森を越えた魔瘴の森に深く刻まれた、デモンキャニオンと呼ばれるユーレイディア大陸最大の渓谷だ。

この渓谷、ユーレイディア大陸最大と呼ばれるだけあって、キロ単位の幅の亀裂が数百キロにもわたって続いているらしい。断崖の深さも優に一キロを超え、まさに悪魔の渓谷——デモンキャニオンと呼ばれるに相応しいだけの壮大な姿を見せつけていた。

そんなデモンキャニオンの断崖のすぐそばで、僕は谷底を見つめ、立っている。

なぜこんなところにいるかというと、訓練を始めてからすでに三週間が経過し、レヴィからそろそろ訓練を次の段階に進めようと提案があったからだ。これはたぶん、僕の力が認められたからであって、決してずーっと続く同じ訓練に、レヴィが飽きてきたからではないと思いたい。ボソっと聞こえた「……もう飽きた」はきっと気のせいだろう。

今日の僕の出で立ちは、いつもと違う。身につけている防具は、いつも装備しているエルドボア製のものではなく、全て黒鉄製のものに変わっている。

ちなみにこの黒鉄製の防具、いくつか特殊な魔法が付与された、特別なものなのだ。何が付与されているかというと、防具の頑強さを高める【硬化】と【再生】、そして重量を重くするための【増重量】である。

その説明を聞いて【増重量】ってなんぞや？　って聞いたら、普通に「重り」と答えられた。要はやたらと頑丈で重い装備を身につけて、実戦の中に放り込むのが、今回の訓練の趣旨らしい。って、この装備品、足につけるグリーブ片足分だけでも三十キロオーバーで、両足合わせると僕の体重よりも重い……。こんなのつけて戦えと？

まあ、これも特訓の一環らしいけど、いきなりこんな重りをつけて実戦ってあり得ないと思うのだが……。どうせ言っても無駄だから言わないけど……

しかも、今回レヴィたちは使用禁止。レヴィ、イジスさん、クイは現在セバスさんの中に収納中。代わりに黒鉄の剣と盾、そして地龍の弓という命中補正なしの威力だけはすごい豪弓を装備させられている。セバスさんは身につけているが、あくまで役割は倒した魔物の回収と、いざってときの安全装置で、基本的に口出し手出しは一切しない。ただ、高レベルの魔物が現れた場合、レベルだけは一応教えてくれるらしいけど。

『クラウド様、心の準備はよろしいでしょうか？』

良いも悪いもないよね。もうやるしかないんだから……

「……ハイ、大丈夫です」

『ではこちらに火を点け、腰の金具に装着してください』

僕が意を決して返事をすると、セバスさんが親指くらいの大きさのランタンのようなものを出現させた。

「……なんですか、これ？」

『……お守りのようなものでございます』

最初の間が微妙に気になるけど、まあ今さらか。

ということで、セバスさんからお守りと言われた怪しい物体に火を点けてから腰にぶら下げ、僕は崖を飛び降りるように降りていった。

『じゃあ、ルールをもう一度確認するよ』

渓谷の底に着いたところで、セバスさんに収納されているレヴィが話しはじめた。ちなみにセバスさんの中に収納されていても、会話くらいは問題なくできるらしい。

『今回は、戦い方については縛りなし。剣、弓、魔法、何を使って戦っても構わないよ。ただし、ボクたちの固有能力の使用は禁止。といっても、セバス以外は装備してないから、どの道使えないけどね。で、基本出遭った魔物は殲滅だから。じゃあさっそく始めよう！』

いつもいきなりなんだよな。はあ、しゃーない、やるしかないか……

渓谷の幅に比べると、流れている川幅は思ったよりも広くはないようだ。川辺には木や草はあまり生えておらず、見通しはかなりいい。これなら奇襲に遭うことはないだろう、などと思ったときだった。

――ッ!? 何か来る! どこからだ!?

次の瞬間、背筋に悪寒が走る。とっさにその場から飛び退くように離れると、突如足下から僕を丸呑みできそうな巨大なミミズが、大口を開けて飛び出してきた。

「ワームか!?」

しかもそのまま僕を追ってくる。

ジャンプした僕に迫るワーム。僕は腰に帯びた黒鉄の剣を抜き、ワームの牙をかわしつつ、一撃で頭部を真っ二つに斬り裂いた。

頭を割られたワームはしばらく痙攣して、やがて動かなくなる。

始まっていきなりか。だから魔境は……って、今度はソルジャーアントか。

周りを見ると、大型犬ほどもありそうな大きな灰色の蟻が、地面から次々に湧いてくる。正直気持ちが悪い。

それにしても数が多すぎだろ。最低でも二十体はいるんじゃないか? それも、まだドンドン増えているじゃないか。

次々に襲ってくる蟻どもを、時には剣で斬り裂き、時には蹴りで吹き飛ばしながら倒していく。

それでも数は減るどころか、増えている気がする。

そんな中、川の方から「ギィー!」という蛙を潰したような鳴き声が複数聞こえてきた。確認のため、戦いつつも鳴き声のする方に視線を向ける。

「――ッ!! 今度はリザードマンか!」

そこには、次々と川から這い出てくる、人間ほどの大きさの二足歩行をする青緑色した蜥蜴の姿があった。ただしこのリザードマン、川から出てくるなり、蟻の大群に襲いかかった。

ラッキー。これで少しは楽になるかも。

……と思ったときも確かにありました。しかしこれは……。いったいどうなってるんだよ!! こんなのあり得ないだろ!!

周りに広がる光景は、まさに地獄絵図だった。

最初はソルジャーアントとリザードマンだけだったはずなのに、気が付けば、オークにコボルト、さらにはゴブリンや狼の魔物に蛇の魔物まで。数を数えるのが不可能なほどの魔物の大群が、僕の周りに溢れかえっている。まるで魔物の大氾濫だ。

唯一の救いは、魔物たちは連携しているわけでなく、種族ごとに分かれて、そこかしこで喰らいあってくれているところか。とはいっても、一番狙われているのは人である僕なんだけど……

しかしこれって、まるで蠱毒じゃないか? こんなことって自然に起き得ることなのかな? なんか裏がありそう。特に、セバスさんから貰ったお守りあたりが怪しい。

「いったいなんだよ、これ。わけわかんないよ。レヴィの提案はいつもろくなことにならないよな」

文句を言いながらも、空中に飛び、地龍の弓を構えて矢継ぎ早に矢を放っていく。ちなみに一射一殺以上だ。

ただ、なんのかんのと言ってる割には、なんとかなってる自分にちょっと驚いたりもしている。

それだけレヴィたちの訓練がハードだったたってことなんだろうけど。

けれど世の中、そうそううまくいかない。

大混戦の最中、数カ所で戦況が劇的に変化しはじめたのだ。

なんだあれ？　魔物がまるで木の葉のように舞っている……

「ってあれ、もしかしてトロールじゃないか？　それもデカイ。上位種か!?」

『正～解～、あれはハイトロールだね』

やっぱりトロールの上位種かよ。いよいよ大物が出てきちゃったか。

しかも――

突然、川辺にいたオークの頭が吹き飛んだ。

「――ッ!?　今度は何!?」

そこにいたのは、まるでドラゴンの鱗(うろこ)を纏(まと)ったような大柄なリザードマン。背丈(せたけ)だけでも普通のリザードマンの五割増しの化物だった。

「嘘だろ？　ハイトロールの次はリザードマンジェネラルか。さすがにこれは――」

――ガルルルゥウゥウ!!

それでは終わらないと運命の女神が言うように、渓谷に響き渡る獣王のごとき威圧的な咆哮。

「また!?　次はいったい何なんだよ!?」

咆哮の先に視線を向ければ、人の胴体ほどの太さの大蛇を咥えた黒い虎が、周囲を見渡すように、威風堂々と四つの足で立っていた。

「あの虎、なんかまるで鎧みたいな外殻が付いているような？」

『その通りでございます。レベル百八の魔物、その名もアーマータイガーでございます』

僕よりレベル高いじゃないか。……って、もしかしてハイトロールやリザードマンジェネラルも僕よりレベル高いんじゃないか？　感じる気配からしても、あの虎と同格に感じるんだけど。これはちょっと――

――ギャアアアアア!!

まだ続くのか!?　悲鳴を上げたのは、集団で戦っていたゴブリンたち。突然現れた骸骨軍団を引き連れた、鎧を纏う黒い骸骨の一刀で、七体のゴブリンの胴体が切断されたのだ。

「うわー、またとんでもなくヤバそうな奴が出てきたよ」

『お気を付けください。リッチダークナイトでございます』

リッチダークナイト……。聞いたことがある。確かアンデッド系の上位種リッチの魔法剣士タイプだったか。

『レベルは百十五、この中では最高レベルでございます』

やっぱりレベルが高い。僕と二十近くレベルが離れているが、一人でやれるだろうか？　……いや、セバスさんがレベル以外のことを言わないということは、おそらく僕一人で問題ないって判断したんだろう。

……ならば、最初に叩くべきは一番レベルが高いリッチダークナイト。そうと決まれば、雑魚に構っている場合じゃない。このまま一気にあのリッチに突っ込むぞ。

「邪魔ッ!!」

立ち塞がるオークの頭を蹴り砕くと同時に、踏み台にしてジャンプ。そのまま魔物たちを足場にして、スケルトンたちに囲まれているリッチのもとまで駆け抜ける。

「セイヤー!!」と、気合一発着地と同時に剣を横一閃。リッチの周りにいた数体の骸骨たちが砕け散り、本物の骸へ変わっていく。

低い姿勢をとって、そのままリッチに攻撃を仕掛ける。そして響き渡る剣戟の音。

反応が速い!!　しかも骸骨のクセにパワーもある。――強い！　さすがレベル百十五ってところか。

さらに厄介なのは、剣戟の合間に放たれる闇魔法。少しでも間合いが空けば、僕の精神を削り取ろうと、闇の槍や球体を撃ってくる。なんとか回避しているけど、一発でも喰らえば精神を削り取られて、一気にピンチに陥るだろう。

現状は一応、僕の方が若干優勢。ただ、周りのスケルトンが邪魔をしてくるので、なかなか簡単には押し切れない。ここは一旦距離をとって――

――グオォォォォォォ!!

――ッ、しまった!!　リッチに集中しすぎた。クソッ、かわせない!!

そこにいたのは、丸太のような巨大な棍棒を振り上げたハイトロール。次の瞬間、振り下ろされた棍棒で、僕もリッチも吹き飛ばされる。

「グッ……」

クソッ、やられた！　ただ吹き飛ばされたものの、ギリギリ盾で防げている。

……しかしこの蠱毒のような状況で、一体に集中しすぎるのはダメだ。周りをよく見ながら戦わないと――そうだ、リッチとトロールは!?

視線を巡らした瞬間、煌めく剣光、とっさに盾を割り込ませ防ぐ。左腕に伝わる強烈なまでの衝撃。リザードマンジェネラルが大剣を振り下ろしたのだ。

何なんだよ、次から次へと！　こんなのまるで闘技場のバトルロイヤルじゃないか!!　しかも生命の保証もルールも終わりも見えない、地獄のバトルロイヤルだ！　これはいったい何の冗談なんだよ!?

大剣を弾き返し、一旦距離をとると、改めてジェネラルと対峙する。

「セバスさん、リザードマンジェネラルのレベルを聞くのはアリですか？」

『問題ございません。リザードマンジェネラルのレベルは百三でございます』

僕よりレベルは高いけど、リッチよりは十以上低い。これならなんとかなるか……

ここは躊躇わず一気に勝負に出る！　ジェネラルとの間に割り込んできた数体のリザードマンを斬り飛ばし、一瞬でジェネラルの眼前へと迫る。これまでの訓練の賜物だ。

すさまじい剣戟の音。パワーはジェネラルが上、だけどスピードは僕が上回る。ジェネラルの大剣の一撃を受け流し、そのまま体勢を崩したジェネラルの胸を斬りつける。

だが浅い――。硬い鱗のせいか……。なら――

邪魔をするように襲いくるリザードマンを蹴散らしながら、魔法を展開する。僕の周囲に一気に無数の炎の槍と火炎弾が出現する。

「状況が状況なので、手加減はなしだ。一気に決めさせてもらうよ！」

そう宣言すると、ジェネラルや周囲のリザードマンに向け、一斉に炎の槍と火炎弾を放った。

鼓膜を震わす爆発音とともに立ちのぼる火柱。リザードマンたちは一瞬で焼死体へと変わり、ジェネラルも無数の炎の槍に貫かれて絶命する。とはいえ、この火柱の中で黒焦げにならないのは、さすが上位種というところか。

そうだ、リッチとトロールは……。って、あっちはあっちで死闘が始まってるや。すごいことになっているな……。で、もう一体の上位種、アーマータイガーはと……。わっ、周りの魔物を蹂躙しながらこっちに向かってきているじゃないか！　あれって、絶対に僕狙いだよね。

ここは先手必勝！　風魔法の上位——雷魔法を使って周囲の魔物ともども一気に倒す。

次の瞬間、周囲に轟く雷鳴。そして爆音。アーマータイガーの周囲にいた魔物は一瞬で吹き飛び、骸へ変わる。アーマータイガーは生きていたが、感電しているのか、動きが鈍くなっているように見える。

チャンス！　ここは一気に首を刈ってトドメを刺す。

一気に間合いを詰め、アーマータイガーの首目がけて黒鉄の剣を振り下ろす。その瞬間甲高い金属音が響き渡り、痺れるような衝撃が剣を持つ右手に伝わった。思わず「硬ッ!!」と口から声が漏れ出てしまう。そして、同時に感じる悪寒。視界に入ったのはアーマータイガーの右前肢。とっさに盾を構えた瞬間、襲いくるすさまじい衝撃。僕は地面を跳ねるように吹き飛ばされた。

「グッ、今のはさすがに痛いよお」

『キャハハハ。クラウド、調子に乗り過ぎ。こんなところで油断してると、すぐに死んじゃうよ～』

クソッ、もっとも過ぎて言い返せないけど、悔しぃぃぃ。

それはさておき、実際どうしよう。……そうだ、雷魔法！　さっき撃った雷魔法はそれなりに効いていたように見えた。だとしたら、ここからは雷撃連発で様子見だ。

連続してアーマータイガーに雷が落ちる。まさに雷の豪雨だ。これならいけるか!?

雷撃により身体中から煙を上げるアーマータイガー。まだ多少動いてはいるけど、ダメージは大きそう。これならあと一息って感じだな。

ただ雷撃ではこれ以上難しいか？　――なら最後は剣でトドメだ。

今度は慎重に……。剣でアーマータイガーをつついてみるが、こちらを恨めしそうに睨むだけで反撃に出る様子はない。これならいける。

アーマータイガーの上に飛び乗ると、迷うことなくそのまま一気に首元の外殻の隙間に剣を突き刺した。

「……ハア、ハア、ハア。やった！　でもさすがに……疲れてきた」

なんとか倒せたけど、この連戦で魔力も体力も限界に近くなってきている。これはちょっとやばいかも……。まだリッチやトロールが――

そうだ。リッチとトロールは……。あー、あれ、勝者はリッチっぽいな。トロールはもうほとんど動いていないし、というか、もう首がちぎれそうだな。……しかしアレでも生きているんだな。トロールの生命力って、スゴッ。

でもこれで、強敵はリッチダークナイトだけだ。ただ、それはリッチも同じ考えのようで、あちらさんもこっちを睨んでいる。ならもう一気に決着をつけるしかないよね。正直早く逃げ帰りたいんだけど……

僕とリッチはほぼ同時に突撃を開始する。

すれ違いざまにすさまじい剣戟（けんげき）の音が周囲に響き、返す刀でさらに一合二合三合と斬り結ぶ。まさにそれは、周りの魔物をも巻き込む剣戟（けんげき）の旋風だ。

状況はほぼ互角。剣術の実力はわずかに僕の方が上のようだが、攻撃を当ててもリッチは斬撃に対する耐性があるらしく、決定打にならない。離れて魔法攻撃を繰り出してみるが、魔法障壁に阻（はば）まれてこちらも決定打とならない。それどころか、せっかくリッチの骨に傷をつけても、すぐに再生されてしまう。全くもって厄介（やっかい）この上ない相手だ。

クソッ、魔力の残りがもう少ししかない。こうなったら一か八かで全力で魔力を込めた一撃を打ち込むしかない。最悪これでダメなら、セバスさんがなんとかしてくれるだろう。

決意とちょっとの打算を込めて、残る全ての魔力を黒鉄（くろがね）の剣に注ぎ込み、力の限りリッチに向けて剣を袈裟懸（けさが）けに振り下ろす。

防ごうとするリッチの剣と、僕が振り下ろした黒鉄（くろがね）の剣がぶつかり合った瞬間、甲高（かんだか）い軽い金属音が響き、剣が折れて剣先が空を舞う——が、折れたのはリッチの剣。黒鉄（くろがね）の剣はリッチの剣をへし折った後も勢いが衰えることなく、そのまま一気にリッチの体を斬りつけた。

「クッ！　浅いか!?」

残る魔力を振り絞（しぼ）った一撃であるにもかかわらず、それでも斬れたのはリッチが纏（まと）う鎧だけ。

って、そんなのあり得ないだろう。どうするよこれ。もう打つ手がない。このままだとジリ貧に……。もうセバスさんに――ん？　アレはなんだ？　リッチの鎧の亀裂から紅い鈍い光が……。

あれは――核か!?　これが核なら、破壊すればリッチを倒せるはず。

だけど今の僕の力では、あの亀裂の隙間を狙って攻撃するなんて芸当は無理だ。どうする？　やるならアーマータイガーのときみたいに動けないようにするしか……。仕方がない、あまりこういう強引なのは得意じゃないけど、やるしかない、か。

やることは単純だ。

僕はリッチに向けて突撃した。そして頬を斬り裂かれながらも振り下ろされたリッチの剣をどうにかかわし、勢いを止めず、そのままパワーと全体重をかけた体当たりをぶちかました。

大地を舐めるように倒れる僕とリッチ。

ここから一気に決める。

リッチが体勢を立て直す前に、強引にマウントポジションを奪いとる。もがくように抵抗するリッチだったが、体当たりの衝撃で剣を手放してしまった今、この状況を跳ねのけるだけの手段は魔法くらいしか残っていないはず。現にリッチは、この状況を打開しようと魔法を展開しはじめている。だが僕は、リッチが魔法を発動させるのをのんびりと待ってやるほど、お人好しになるつもりはない。だから――

「これで終わりだ」

僕は、リッチの鎧の亀裂から覗く紅い核に向けて、躊躇うことなく黒鉄の剣を突き刺した。

「ウオォォォォー!!」

その瞬間、ガラスが割れるような音とともにリッチダークナイトの断末魔の悲鳴が、蠱毒(こどく)の場となったデモンキャニオンに響き渡った。


「ま〜ま〜だったねえ」

笑顔のレヴィが、疲れ果てて地面に大の字になっている僕の顔を覗(のぞ)き込んできた。

リッチダークナイトを倒した後、僕は最後の体力を振り絞(しぼ)り、魔物の残党も狩り尽くした。おかげでついに精も根も尽き果てて、今の状態に至っていた。正直寝返りをうつのもしんどい。

「もうやりたくない。さすがにこれはハードすぎる、というか、いくらなんでも魔物の数が多すぎだと思うよ」

「あ〜、それねえ……」

レヴィが、倒した魔物を回収しているセバスさんに視線を向ける。

「セバスさんがどうかしたの？」

「セバスの提案でさ、それを使ったらどうかって話になったんだよねえ」

そう言ってレヴィが指差したのは、セバスさんに貰って腰にぶら下げていたお守りだった。

「これがどうしたんだよ？」

やっぱり、という思いを押し殺し、レヴィに聞く。

「うん、それね。お守りじゃなくて、魔寄せの香ってアイテムなんだよね」

「魔寄せの香……。それって、もしかして魔物を呼び寄せる……」

「正～解～。それに火を点けて持ってると、魔物が次々に寄ってくるんだよねえ。すごいでしょ」

なんでそんなに嬉しそうに説明してるんだよ。しかし、こんな危険極まりないものをセバスさんが提案してくるとは……。ちょっとショックだ。

「まあ、元々面白そうだから魔物を集めようって話をしたのは、ボクなんだけどねえ」

おい、そもそもの原因はレヴィじゃねえか。信じらんねえしあり得ない。相変わらずの無茶ブリすぎるだろ。

「はあ……。でもまあ、これで一応特訓は卒業なんだよね？」

今回のことで僕もだいぶ自信が付いた。まあ、トータル的に見たらこれでよかったのかも。

「何言ってるのクラウド？　これから一週間は、毎日これの繰り返しだよ」

「……はい？」

「だ・か・ら、こらから一週間は毎日同じように、魔物が集まりそうな場所で、魔寄せの香をぶら下げての実戦訓練だからね」

ウインクして言うセリフじゃないだろ。

しかし、これから一週間、この地獄のバトルロイヤルが毎日行われるということか。レヴィたちと出会ってから、こんなにも世の中に地獄が多いことを、よーく理解した僕だった。

◆助けを求められました◆

訓練（というかあれは修業だな）を始めて約一ヶ月が経過した。

訓練の内容？　そんな恐ろしいこと、思い出したくもない。特に最後の一週間はホントに地獄だった……。はあ、魔物相手にルール無用のバトルロイヤルってなんの冗談だよ。罰ゲームにしても、もっとマシだと思う。

とにかく僕はこの一ヶ月間、レヴィたちが考えた鬼仕様の訓練を、見事に乗り切ったのだ。自分で自分を褒めてあげたい。

まあそのおかげで、今ではレヴィに本気で打ち合ってもらえる程度には剣術を習得し（まだ一本も取れないけど）、実戦レベルで使える程度には全属性の魔法も習得した（セバスさん曰く、初心者から脱した程度でまだまだらしいけど）。

もちろんイジスさんに教えてもらった盾術やクイに教えてもらった弓術も、なんとかギリギリ合格点をもらえる程度には習得することができた。ということで、四人それぞれから合格点を貰い、とりあえず本日今日この日、山籠もりを一応終了することとなったのだ。おめでとー！

「やったー!!　ようやくこれで一人前のハンターとして旅に出られるぞ!!」

僕は針葉樹に囲まれた大深林の中、一人大きく背伸びをして目いっぱい叫んだ。

「お疲れ～。まだまだ弱いけど、まあいいんじゃない。思ったよりも時間はかかったけどね」

クッ！　レヴィめ。人がせっかく気持ちよく喜んでいるのに、いとも簡単に水を差しやがって。

「おめでとうございます。この一ヶ月間で、クラウド様は立派な戦士として成長なされました」

うう、セバスさんは嬉しいことを言ってくれるな。レヴィとはえらい違いだ。

「主と拙者の力があれば、いかなる難敵も必ずや打ち倒すことができましょうぞ」

イジスさん、その自信を得るまでには、僕はまだ至っていないよ。というか一生無理だと思う。

なんせ、あの迷宮で見た魔物たちはヤバすぎる。特に守護獣だったケルベロスは、どう考えても無理だから。

「ご主人様、そんなことより早くノーステールに戻りましょう。あの大猪の串焼きが私を……いえ、私たちを待っています」

……うん、クイは平常運転だな。美味しいものさえあれば、世は全てこともなし、てな感じかな。

これで訓練という名の地獄からようやく解放されたわけだ。まあ、これからも毎日、朝と夜に地獄の特訓ループは続けていくらしいけど。あれ？　そう思うとあまり状況は変わっていないかも……

まあそんなわけで、訓練を終えた僕たちは、倒した魔物の素材の売却兼旅立ちの報告をするため、ノーステールのハンターギルドに向かうことになった。

ノーステールに着くと、さっそくクイが「串、串をいただきましょう」と何度も言ってうるさいので、ギルドに向かう前に屋台に寄り、大猪の串焼きを買うことにした。

「おっちゃん、串焼き六本ちょうだい」

ここは大通り沿いにある屋台が建ち並ぶ一角。そこで僕は、一軒の屋台で大猪の串焼きを注文した。もう慣れたものだ。

「はいよ、串焼き六本な」

少し恰幅のいい屋台のおっちゃんは、当然のように大猪の串焼きを、僕には一本、レヴィには二本、そしてクイには三本渡した。

実は山籠もりをしていたときも、週に一度は休みをとって、ギルドに倒した魔物の素材を売りに街に戻ってきていたのだ。

そして、その度にこの屋台で大猪の串焼きを買っていたのだから、当然おっちゃんも、勝手知ったる何とやら。いつものようにいつもの数を僕たちに渡してきたというわけなのだ。

「坊主、いつもありがとな」

いつも思うけど、このおっちゃん、強面だけど良い人感がにじみ出ているよな。きっと顔で損するタイプだと思う。僕の勝手な想像だけど。

「あ、そうだ、おっちゃん。実は僕、近々ノーステールを出ようと思うんだ。だからここに来るのも、今回が最後になるかも」

せっかく顔見知りになったのだ。心配するといけないから一応報告はしておかないとね。

「……そうか、寂しくなるな。お前らまだ若いんだ、あんまり無理しないで元気でやるんだぞ」

やっぱりおっちゃん、良い人だよな。少し涙が……

「うん、ありがとう。おっちゃんも元気で」

そんな僕の声に「おじさん。バイバイ」とレヴィも続く。

クイは三本目の串を食べ終え、——って、もう三本とも食べ終わったのかよ。相変わらず早食いだよな。

「この味は二度と忘れません。いずれまた、必ずやこの店に戻ってまいります」

なーんてことを言っている。よっぽど、このおっちゃんの味が気に入ったようだ。

そんな感じで屋台のおっちゃんに別れを告げた僕たちは、後ろ髪引かれるクイを引きずるように、ハンターギルドに足を向けた。


いつもハンターギルドに入るときは、イジスさんが護衛として僕の後ろに立ってくれていた。だけど今日は、レヴィの「訓練終わったんだから、もう、護衛はいいんじゃない」の一言で、僕一人でギルドに入ることになってしまった。まあ今の僕の力なら、たとえ絡まれても問題ないとは思うけど。いや、増長は良くないな。僕なんかより強い人は、世の中にゴロゴロいるわけだし。

ハンターギルドに入ると、いつものように一斉に僕に視線が集まる。

いつも思うのだが、なんでここの人たちは僕が入ってくるだけで、一斉にこちらを見てくるんだろう。それとも、誰かが入ってくるたびにやっていることなのか？

そんな周りの視線を無視して、一直線に買い取りカウンターに向かう。

買い取りカウンターには、いつもの受付嬢、ラムさんが——前回ギルドに来たときにようやく名前を聞いた——僕を迎えてくれた。

「よう、一週間ぶり。今日もいつもと同じで素材の売却か？」

慣れた感じで無愛想なまま、ラムさんが声をかけてきた。名前を教えてくれた関係でも、基本的に笑顔はないらしい。

「はいそうです。これの査定をお願いします」

今日はいつものゴブリンの魔石に加え、グレーウルフの毛皮と魔石、オークの肉と魔石、フォレストリザードの皮や爪など、大量の素材を持ち込んだ。

数は多いがすべてレベル三十以下の魔物ばかりで、普通のハンターなら充分一人で倒せる程度の魔物の素材だけだ。

ちなみに、レベル三十以上どころか百超えの魔物の素材も持っているけど、今のところ出さないようにしている。いきなり出すと、ラムさんがビックリしちゃうしね。

「おっ！　今回は一段と大漁だね。少しは実力が付いてきたんじゃないか。だけどいい気になるな、おまえはまだまだ弱っちいんだから、無理はするんじゃねえぞ。ほれ、今日の分だ」

ラムさんって相変わらず口は悪いけど、やっぱり優しいよねえ。たまに見せる笑顔も可愛いし。

「はい、これからも頑張ります。あと一つ、報告というか、実はこの街を離れることにしました。お世話になっていたラムさんには、お知らせしておかないと、と思いまして」

ラムさんから素材の売却金を受け取りながら、ノーステールを離れる件について伝える。ちなみに今回の収入は、金貨一枚と銀貨六枚だった。鉱山で働いていたときの一ヶ月間の収入並みだ。やっぱりハンターは稼げるよな。

ラムさんは僕の言葉にかなり驚いた様子で、口と目を開けて固まっている。そんなに驚くようなことを言ったかな？

「あのお、ラムさん？」

「あ、あ、ああ、す、すまん。ちょ、ちょっと驚いてな」

その反応、ちょっとどころじゃない気がするけど……

「そ、それで、いつ出ていくんだ？」

ラムさん、いつもの無愛想さが消えて、借りてきた猫のようにショボンとしている……ように見える。

「えっと、明日には出発するつもりです」

「そ、そんなに早く……」

明らかにラムさんの様子がおかしい。どうしたのだろう？

「わ、分かった。無理しないで、元気でやれよ。またいつでもノーステールに寄ってくれ」

もしかして僕が街を離れることを、悲しんでくれているのかな。そうならちょっと嬉しいかも。

「ありがとうございます。しばらく会うことはないと思いますが、いずれまた、ノーステールに来ますので、それまでラムさんもお元気で」

寂しそうにしているラムさんに後ろ髪を引かれながらも、最後の別れを告げた僕はギルドを後にした。

と言いつつ、この後すぐにラムさんと再会することになるのだが……


「しかしラムさん、思ったより驚いてたな」

ギルドから出た僕は、煉瓦造りの街並みを一人歩きつつ、誰に話しかけるでもなく呟いた。

『これだからお子様は……』

突然レヴィが訳の分からないことを言ってくる。しかも『やれやれ感』をすごく感じる。念話なのに器用なものだ。

『何がだよ？』

周りから一人でブツブツ言っていると思われるのが嫌なので、こちらも念話を使ってレヴィに聞く。

『そんなこと自分で考えれば～。このお子様が』

何が言いたいんだよ。というか、レヴィにだけはお子様って言われたくない。精神年齢は僕より低いくせに。まあ実年齢は千歳以上確定だろうけど……。そんなことを考えていると――

「おい！　お前！　ちょっと待てや‼」という怒鳴り声が聞こえてきた。

ん？　なんだ？　騒がしい人がいるな。面倒そうなのでここは無視で。

「おい！　お前だよ、お前！　無視してんじゃねえよ、ガキが！」

ガキは認めるけど、何なんだよいったい？

肩を掴まれたので仕方なく振り向くと、そこにはガラの悪そうなハンターらしき男が三人、ニヤニヤ下卑た嗤いを浮かべて立っていた。

「はあ……。で、なにかご用ですか？」

「今日はあのゴツイ用心棒はいないみたいだな」

ゴツイ用心棒？　ああ、イジスさんのことね。

「それがどうかしましたか？」

「へへ、じゃあよお、用件だけ言うわ。おいガキ、痛い思いをしたくなければ、有り金すべてここに置いていきな」

「なあ、ボクちゃんは怪我したくないだろ？　素直に出すのがオススメだぜ」

「俺らが優しくしてるうちに早く出しな。ついでにその立派な装備も寄こしな」

なるほど。この人たちは、いつも一緒にいるゴツイ護衛のイジスさんが見当たらないから、チャンスとばかりに、一人でいる弱そうな僕に集ろうとしているってわけか。しかも今日は金貨所持が確定してるので、余計に狙われたのかもね。

見た目中級ランクのハンターって感じかな？　最近死ぬ思いしかしてこなかったから、この程度の人たちにすごまれても全然怖くないや。なんだか精神的にちょっとは強くなったのかも。あの地獄を生き抜いたんだ、当然と言えば当然か。

『主よ、拙者が相手をいたしましょうか？』

『いえ、大丈夫です。この程度の相手なら、僕一人で問題ないですから』

むしろイジスさんだとやりすぎる気がする。

「おいッ！　いつまでも黙ってねえで、早く出すもん出せや」

「なんだなんだ？　喧嘩か？」

あーもー、この人たちが騒ぐもんだから、だんだん人が集まってきちゃったよ。はあ、騒ぎが大きくなる前に早く終わらせよ。

「えっと、あなた方にお渡しするようなお金はありません。当然装備もあげません」

ということで、キッパリとお断りの意思をお伝えした。

「「「なっ……！」」」

三人とも、そんな馬鹿なって感じで驚いているけど、すぐにへいこら言うことを聞くほど、僕は気弱そうに見えるのかな？ふと自分の姿を思い浮かべて見る。……うん、確かに気弱そうに見えるね。小柄だし貧弱だし……

「てめえ、今、なんて言った!?」

真ん中のリーダーっぽい男が声を荒らげる。

「あれ？　聞こえませんでしたか？　あなた方みたいな人たちに、渡すお金も装備もありません」

「て、てめえ!!」

おお、怒っとる怒っとる。でも、全然怖くない。特訓方法を考えてるときのレヴィの笑顔の方がよっぽど怖い。単純計算で一万倍以上は怖いと思う。

「おお、坊主！　そのバカどもにもっと言ってやれ!!」

「気に入った！　俺はあのガキを応援するぜ」

ついに見物の人から声援を送られちゃったよ。

その人たちに対し、僕は礼儀として片手を上げて応える。

「「てめえ!!　舐めやがって！　ぶち殺してやる!!」」

おお、三人の声が見事にハモった。練習でもしてたのかな？　なんて、さすがにそれはないか。

「俺はガキに銀貨五枚だ」

「なら俺はゴロツキに銀貨五枚だ」

「じゃあ、俺は坊主に銀貨七枚出すぜ」

どうやら周りで、いつの間にか賭けが始まってしまったようだ。ドンドン騒ぎが大きくなってきているよな。

「おい、お前ら！　賭けが成立するまで、おっぱじめるんじゃねえぞ！」

なんか話が変な方向に……。この街、娯楽が少なそうだから仕方ないよな……

賭けが成立するのを待っていると、騒ぎを聞きつけたラムさんがやって来るのが見えた。しばらく会わないみたいなことを言って別れたのに、こんなに早く会ってしまうとは……。しかもこんな形で……。少々こっ恥ずかしい。

それにしても、なんだかすごく心配そうにこちらの様子を見ている。

僕はラムさんに安心してもらおうと、笑顔で軽く手を振る。するとラムさんがすごく怖い顔をしてこちらにやって来た。

「お前、何をやっているんだ。あいつら、ああ見えてもDランクハンターなんだぞ。下手すると殺されるぞ」

あ、そういえばラムさんに、今の僕のランクを話してなかったな。

素材売却のときも顔見知りだからって、ギルドカードの提示を求められなかったしなあ。

「大丈夫ですよ。死ぬようなことにはなりませんから」

とは伝えたものの、まだ心配そうにブツブツ言っているラムさん。

「おーい、お前ら！　賭けが成立したぞ。もう好きにやっていいぞ」

なんて身勝手な人たちだろう。さっき声援を送ってきた人たちも、なんだかんだいって賭けを楽しんでいるようだし。世の中こんなもんだろう。世知辛いよね。

ちなみに、二：一でゴロツキハンターの勝利を予想した人たちが多いようだ。ならばゴロツキハンターに賭けたことを後悔させてあげようではないか。

「ところで、誰がやるんだ？」

そうこうしているうちに審判をやるつもりなのか、スキンヘッドの男が僕たちの前に出てきた。

そしてどうやらこの即席審判、ゴロツキハンターに戦う代表者を選ぶように言っているようだ。

「僕は別に三人がかりでも構いませんよ」

どうせなら、三人まとめて相手した方が楽だ。文句も出ないだろうし。

「てめえ‼　俺らがおとなしくしていれば、付け上がりやがって！」

いや、あんたたちから絡んできたんでしょ。全然おとなしくしてないよね。

「おい、坊主。お前は本当にそれでいいのか？」

心配してというよりも、確認の意味合いでスキンヘッドの即席審判が聞いてきた。

当然僕は「はい、問題ないです」と答える。

「分かった。じゃあ、三対一の勝負だ。命までは取るんじゃねえぞ。では始めな！」

こんな感じで戦いの火蓋が切って落とされた……のだが。

三人はパンチやキックを繰り出すのだが、遅すぎて簡単に避けられる。弱い。弱すぎる。この程度でDランクって。まあ、三年間の累積ポイントだから、普通にやっていたら、だいたいDランクくらいには上がれるのか……

さてと、観客も多いし、すぐに倒すのも申し訳ないな。どうするべきか？　三人の攻撃をかわしながら、そんなしょうもないことを僕は考えている。

まったく攻撃が当たらないためか、三人は真っ赤な顔で「かわすだけで手も出せねえか」と叫んでいる。

その程度の攻撃、レヴィの攻撃に比べたら止まって見えるんだよね。

僕が闘牛士のように華麗に攻撃をかわしまくるから、観戦客がどんどんヒートアップしていき、大盛り上がりだ。

そろそろいいかな。

ゴロツキハンターが三人、僕から見て縦に並んだ瞬間、先頭の男目がけて掌底を打ち込む。

掌底をくらった男は後ろの二人を見事に巻き込み、三人仲良くゴミ箱へキレイに吹き飛んでいった。

うん、終わったな。三人ともゴミ箱に頭から突っ込んで完全に伸びてる。まあこの程度の相手ならこんなもんだろう。

次の瞬間、周りの観客から一斉に「ワァァァァー!!」と歓声が上がる。

「すげー!! 坊主やるな!」

「クソッ! ガキに賭けとけばよかった!」

――など、明暗を分けた声がそこかしこで響き渡っている。

その歓声に手を上げて応(こた)えていると「無茶しやがって」とラムさんが近寄ってきた。

「とにかく無事でよかった。今後こんな無茶はするんじゃないよ」

どうやらラムさんには本気で心配をかけてしまっていたようだ。少し反省しよう。

「すみません。今度からできるだけ避けるようにします」

「できるだけかよ。まあ、思ったより強くなっているみたいだからいいが。そう言えば最近確認してなかったが、お前の今のハンターランクってどうなっているんだ? 聞いてもいいか?」

隠してるわけでもないし、ギルド職員のラムさんならむしろ見る権利があるだろう。

だから「いいですよ」と伝え、ギルドカードをラムさんに渡した。

「いいのか? ありが…………」

そしてラムさんは、僕のギルドカードを見た瞬間、固まってしまった。

そう、たった一ヶ月で【Bランク】まで上がっていたギルドカードを見て。

◇　◇　◇

ただ今ペガサスのベガに乗り、空の旅をのんびり満喫している。

次の僕たちの目的地は、ブリンテルト王国西部地方にある小さな村――エルズ村だ。

セバスさんからの情報で、そこにいるという知性魔道具(インテリジェンスアイテム)を新たに仲間に加えるべく、移動中であった。

『それにしても、昨日のラムちゃんの反応、すっごく面白かったよね』

いつものように鞘(さや)に収まったまま、レヴィがギルドカードを見たときのラムさんの話を始めた。

『わずか一ヶ月間という短い期間で、EランクからBランクまで一気にランクアップしていたのを知ったのですから、驚くのも無理はないでしょう』

そう言ったのは、腕輪姿のセバスさんだ。

『あの程度でBランクになっちゃうギルドの仕組みが悪いよね』

あの程度って、地獄のバトルロイヤルのことだよね。いきなり魔寄せの香を体に仕込まれ、魔物の巣窟(そうくつ)に放り込まれることを、あの程度と……

中にはレベル百に達している魔物もいたんだよ。しかも、ちょーっと丈夫なだけの普通の装備でさ……。ホント我ながらあり得ないと思う。

今考えても、よく生き残れたな。ヤバイ、思い出しただけで涙が出てきそうだ。

「あの後、ラムさんからすごく追及されて、ホント大変だったよな」

一応、特訓しているうちに勝手に上がったと伝えたけど、嘘を言っていないはずなのに、最後まで全く信じてもらえなかった。それだけ異常な訓練だったってことなんだろうな。

『この程度で驚くなんて、今の人たちは千年前より弱いのかな？』

「どうだろう？　ハンターの上位の人たちはかなりの実力者ぞろいって聞いてるけど、邪神戦争の頃と比べるとね……」

戦乱の時代の戦士に、平和な今の時代の戦士は、とてもじゃないが勝てる気がしない。……って、ラムさんが驚いていたことと、昔と今の実力の違いの話は全然関係ないよね。

『そっか～。じゃあボクらがクラウドを、エルザくらいまで戦えるように、しっかりと鍛えてあげるよ』

いきなり何を言い出すんだ。そもそもエルザさんくらいって、それ、史上最強レベルの強さだよね。レヴィ、それはいくらなんでも無茶が過ぎないか？

『それは良いですね。クラウド様ならエルザ様の高みに届くのも決して不可能ではございません』

セバスさんまで何を……。考えるまでもなく不可能だよ。

『拙者も、主の最強への道、お手伝いさせていただきますぞ』

セバスさんとイジスさんって、いったい僕のことをどんな風に見ているのだろうか？

『弓のことなら、このクイにお任せください。世界最高の弓使いになれるまで、このクイ、しっかりお手伝いさせていただきます』

あー、クイまでも……

このままでは、僕の装備たちに無理矢理最強への道を突き進まされてしまいそうだ。

天候は雲一つない快晴。天馬を駆る空の旅はいたって順調に進み、ノーステールを出発してからたった二日で、エルズ村までの道程のちょうど半分まで来ていた。

そんな晴天の日の午後、大深林を沿うように延びる街道の上空を進む僕に、突然セバスさんからの報告が入ってきた。

『クラウド様、前方約五分の距離で、何者かが魔物に襲われているようです』

五分か……。状況によってはちょっとマズイ距離かな。

「ベガ、加速して！　セバスさん、状況を詳しく！」

まずはベガに急ぐように指示を出し、セバスさんに説明を求める。

『村人風の者が三名、グレーウルフ十体から馬車で西へ逃走中。三名のうち重傷者が一名、軽傷者が一名。グレーウルフの傷は軽微』

状況としてはあまりよろしくないな。というより、最悪の一歩手前って感じだ。

「すぐに助けに向かいます。セバスさん、視覚補助をお願いします」

『かしこまりました』とセバスさんが答えると、すぐに視界がガラリと変わり、逃走中の馬車とグレーウルフの群れを、目で確認できるようになった。

これは……。確かにかなり危険な状況だ。すでにグレーウルフにより馬車がコの字に囲まれている。急がないと！

「クイ！」

『はい、ご主人様』

僕の意図を正確に理解したクイは、体にタスキ掛けになっていた状態から一瞬で光となって消え、次の瞬間には弓の姿のまま僕の目の前に浮くように現れた。

僕はクイをすぐさま左手で握り、矢をいつでも放てるように構える。

「セバスさん、射程までは？」

「三十秒でございます」

まだかなり時間がかかるな……。なんとか間に合うか？

馬車の状況を見ると、後部に乗っている男が必死に槍で突き、グレーウルフを近づけまいとしている。しかしグレーウルフはそんな男の攻撃を気にする様子もなく、まるでいたぶるように間断なく攻撃を仕掛けてきている。

もし、ここで少しでも馬車のスピードが落ちようものなら、弱った獲物を仕留めるかのように一気に襲われ、彼らの命はあっという間に失われるだろう。

「できる限り急がないと――この距離だと三本までが限界か……クイ」

『了解いたしました』

僕はそう言うと、構えた弓を静かに引き絞り、魔力を高める。すると弓に、白く輝く魔力の矢が三本、その姿を現した。

「セバスさん、カウントをお願いします！」

叫びながら馬車の状況を見る。そして次の瞬間――

槍の破片が宙を舞った。男が持っていた槍が、グレーウルフによって半ばからへし折られたのだ。

マズイ!!　クソッ、まだか!?

『十秒前……』

ここでようやくセバスさんのカウントダウンが始まる。

焦る気持ちを無理矢理抑え込み、矢を射ることに集中する。

「……五秒前。……三、二、一、発射！」

セバスさんの発射の声と同時に、クイから三本の白い魔力の矢が放たれた。

魔力の矢は、それぞれ白い軌跡を生み出し、一直線に空気の壁を突き破りながら飛んでいく。

僕は、矢の行く先を目で追うことなく、すぐに次の魔力の矢をつがえる。そして一射目が標的を射抜く前に、二射目となる三本の魔力の矢を放つ。

一射目に射た三本の魔力の矢は、今にも槍持ち男に襲いかかろうとしていた三体のグレーウルフの頭を見事に射抜く。それを視界のはじでチラリと確認しながら、僕は三射目の三本の矢を放った。

グレーウルフたちは次々に降り注ぐ魔力の矢に頭を撃ち抜かれ、自分が誰にやられたか、どこから攻撃されているのか、全く知ることもなく絶命していく。

そして攻撃を開始して一分も経たないうちに、最後に残ったグレーウルフもその命を散らした。

こうして馬車を襲ったグレーウルフの群れは、全滅した。


「大丈夫ですか？」

グレーウルフの襲撃から難を逃れ、停まった馬車の荷台の上で疲れ果てたように座り込んでいる男たちに、僕はベガから飛び降りて声をかけた。

「あの矢を放ったのは貴方(あなた)か。危ないところを助けてもらい感謝する。正直もうダメかと思っていたよ。ホントにありがとう」

そう言ったのは、御者をしていた、がっしり体型の四十代くらいのおじさんだ。

どうやら僕の左手にあるクイを見て、グレーウルフを倒した矢が、僕の放ったものであると判断したようだ。

「いえいえ、たまたま通りかかっただけなので。それよりそちらの方の怪我(けが)の具合は大丈夫ですか？　かなり酷いように見受けられますが」

御者のおじさんの後ろでは、グレーウルフの爪でやられたのか、肩口から大量に血を流し、息も絶え絶えで若い男が蹲(うずくま)っていた。といっても、僕の方が明らかに若いんだけどね。

「正直あまり、良いとは言えない。すぐに治療をしないと……」

「お、俺のことは……も、問題ない。それより、早く……。急がないと村が……」

何をそんなに慌てているのか分からないけど、その怪我、どう見ても問題ないように見えない。出血が酷く傷も深い。このままだと、いずれ血の流しすぎで、命を落とすんじゃないだろうか……

「ちょっといいですか？」

一言声をかけて、僕は蹲っている男に近づく。

「今から傷口に回復魔法をかけます。すぐに治りますから楽にしていてください」

「「「エッ⁉」」」

回復魔法という言葉に、驚きの顔を見せる男たち。そしてすぐに慌てた表情へと変わる。

「ちょ、ちょっと、待って……くれ、回復魔法なんて、ハアハア、そんなことを、して、もらっても、俺、には、治療費なんて、払う、金がない」

ああ、まあ一般的には回復魔法での治療って、かなり高額になるからな。しかしそうは言っても、見るからにすごく辛そうだよね。

「無料で治療しますから、お気になさらずに」

「えっ、無料？　い、いやしかし……」

無料って言っても、そうそう信じられないか。確かに治療して、後から治療費を寄越せって言う輩もいるらしいけど。

「僕はハンターであって、神官ではありません。だから治療にお金をいただくつもりは一切ないので安心してください。それよりも早く治療しないと、あなたの命に関わります」

ここまで言って男はようやく納得したようで、やっと治療を開始することができた。

ちなみに回復魔法は、特殊属性魔法にあたり、光・水・風に適性を持った者しか扱うことができない。しかも成長力が非常に低く、回復魔法を修めるためには、他の属性を捨てる覚悟で修業しなければ不可能に近いとまで言われている。そのため、回復力の強さと相まって、回復魔法での治療を受けようとすると、相当高額な治療費が必要となるのが常識だった。

回復魔法をかけると、深く抉（えぐ）られた男の傷は、まるで時間が逆戻りするようにみるみるうちに消えていき、三十秒も経たないうちに完全に消滅してしまった。我ながらすごい回復力だな。これもセバスさんの指導の賜物（たまもの）だろう。

重傷だった男の治療が終わると、続いて軽傷だった男の治療もついでに行う。

「本当にありがとう。このお礼は必ず」

重傷だった男は、僕の手を両手で握り、しきりに頭を下げる。

「そんな、いいですよ。気にしないでください。それよりも何か急がれていたんじゃないですか？」

そういえば、呻（うめ）きながらそんなことを言っていたような……

「そうだ！　確かあんた、さっきハンターだと言っていたよな！」

掴みかからん勢いで僕に迫る元重傷男。ちょっと顔が怖い……

「確かに僕はハンターですが……」

「クレイ、落ち着け。俺が説明する」

御者のおじさんが元重傷男を押さえた。

「ハンター殿、急な申し出でホントに申し訳ないが、どうか私どもの村を、コルマ村を救ってもらえないだろうか？」

御者のおじさんは、土下座する勢いで頭を下げた。他の二人も、彼にならって頭を下げる。

いきなりこの状況どうしたものか。話を聞かないことには判断ができないな。どうするかは内容次第か。手に負える内容だったらいいんだけど。

「まずは詳しく聞かせてください。どうするかはそれから判断させてもらいます」

こうして僕は、御者のおじさんたちの話を聞くことになった。

ラオさん（御者のおじさん）によると、どうやらここ最近オーガの群れが頻繁に現れ、コルマ村を襲うようになったらしい。それでも大深林周辺にあるコルマ村は、防壁など充分な防衛手段を持っていたため、今まではどうにか対抗できていた。

だが二日前のこと、そのオーガの群れの中にひときわ大きなオーガが現れ、わずか一日で堅牢を誇っていた村の防壁が崩壊寸前まで追い込まれてしまった。ここに来て、とてもではないが次の攻撃に耐えられないと判断して、ようやく近くの街に援軍を呼びに行くことになったらしい。

それで、援軍を呼ぶために派遣されたのが、ここにいるラオさんたち三人だったわけだ。

『防御力が高いがための驕り。そこからくる決断の遅れ。典型的な誤断のようですな』

ラオさんの説明を聞いた後、イジスさんが念話で結構辛辣なことを言う。ちなみにイジスさんは、ただ今盾形態で僕の背中にへばりついている。

しかし、確かにイジスさんの言う通りだろう。ただ、それを今さら言っても仕方がない。今の僕の力でコルマ村を助けることができるのか？　今はそれを考えないと。

『セバスさん、オーガについて聞きたいのですが、オーガの個体レベルはどのくらいですか？』

『オーガの個体レベルですと、およそ五十から七十といったところでしょうか』

……その程度なら何体いようがなんとかなるか。

『じゃあ、ラオさんが言っていた、オーガの大きな個体についてはなんだと思いますか？』

そいつを倒せるのか倒せないのか。それが今回の件で最も重要になる。

『話を聞く限り予想される魔物は、オーガロードではないかと思われます』

オーガロード……。またとんでもない大物が出てきたな。オーガの中でもロードの称号が付くだけに、ずば抜けて強力な魔物だ。確かブリンテルト王国内では災害指定種に定められていたはず。

『ちなみにレベルはいくつです？』

『平均レベルは百四十でございます』

レベル百四十か……。迷宮脱出後に出会った魔物の中で、最も危険な相手になるな。

『今のクラウドなら、ちょうどいい相手なんじゃない？』

『確かに主の相手として申し分ないな』

……レヴィ、イジスさん、その言いよう、要は僕にオーガロードを倒せと？　……はあ、まあいいけど。どうせ最初からそのつもりだったし。

『分かりました。すぐに村を助けに向かうことにします。みんなもそれでいい？』

『は～い』『かしこまりました』『御意』『了解いたしました』と、みんなの返事を聞くと、そのままラオさんへと向き直る。

「お待たせしてすみません。この話、受けさせてもらおうと思います。ただ、オーガの中に上位種がいるようなので、確実に倒せるかは分かりません。だから、街への援軍の要請は引き続きお願いします。僕の方はペガサスで先にコルマ村に向かいます。そこで誰か一人、コルマ村までの案内をお願いします」

「おお、引き受けてくれるか、ありがとう。こんな我々の不躾（ぶしつけ）な願いに……。ホントに助かった。そうだ、案内だがこのクレイがする。コルマ村のこと、よろしく頼む」

僕の両手を握り、深々と頭を下げるラオさん。

クレイさんは、先ほど肩口に重傷を負って死にそうになっていた人だ。

「クレイだ。先ほどはホント助かった。正直もうダメかと……。本当にありがとう。コルマ村への案内、俺に任せてくれ」

うん、怪我（けが）も治ってすでに元気そうだし、問題ないだろう。

「何があるか分からないので、急いだ方がいいと思います。すぐにでも出発しましょう」

こうして僕たちは、コルマ村に向けて高速移動を開始した。

◆オーガロード◆

現在、コルマ村に向けて飛行中。二人乗りとはいえさすがはベガ、なかなかのスピードだ。おかげで僕の後ろにしがみついていたクレイさんが、耳元でぎゃーぎゃー騒いでうるさかったんだけどね。

セバスさんの話だと、今のベガのスピードならコルマ村まで二時間もあれば到着できるらしい。出発してすでに二時間近く経っているから、そろそろ村が見えてきてもいい頃だろう。

『クラウド様！　村が魔物の襲撃を受けております』

——なッ！　到着早々戦闘ですか。少しは予想してたけど、できればいきなり戦闘は避けたかったな。

『村まであと、どれくらいかかりますか？』

『今の速度ですと、あと十五分といったところでしょうか』

十五分か……。これはちょっとまずいな。

「クレイさん、少し急ぎます。しっかり僕に捕まっていてください！」

「えッ⁉　ちょッ！　いったい何が——」

「説明は後です。今はしゃべらないで。舌を噛みますよ」

僕がそこまで言うと、クレイさんは歯を食いしばり、必死に僕にしがみついた。

『ベガ、加速して。セバスさん、村の様子はどうなっています？』

『すでに村の防壁は破壊されております。まだ破壊されたばかりらしく、村人に被害は出ていないようです。ただし、すでに十体以上のオーガが村の中に侵入しておりますので、被害が出るのは時間の問題かと』

うわあ、マジでギリギリじゃないか。クソッ、間に合うか⁉

『セバスさん、視覚補助を』

『かしこまりました』

セバスさんの視界が共有され、周りの景色が一変する。

よし、これで視界良好。

『クイ！』

『了解いたしました』

明瞭な返事と同時に眼前にクイが現れ、僕は左手で掴んだ。

それを見たクレイさんから驚きの声が聞こえてきたが、今は構っている時間はない。申し訳ないが無視させてもらう。

ベガが加速してくれたおかげで、かなりの距離を詰めることができた。だがまだ射程の二倍ほどの距離がある。

視線の先には、大人が子供に見えるほど大きい赤黒い人型の魔物たちが、家を次々に壊しながら村中を我が物顔で闊歩している。そいつらの頭には、黒々とした捻れたツノが二本生えており、ヨダレを垂らす口元にはナイフのように鋭い歯がビッシリ並んでいる。あれはまさに人食い鬼、オーガの姿だ。

視覚補助により、村の様々な様子が手に取るように分かるだけに、歯がゆいことこの上ない。すぐにでも矢を射たい。だがまだダメだ。

少しずつ村との距離は縮まっているが、それでもクイの射程までまだ一・五倍はある。ここからでは当てるのは難しい。

なかなか射程に届かない状況に苛立ちを募らせながらも村の様子を窺っていると、逃げ遅れてオーガに襲われそうになっている若い女性を発見する。

クソッ！　こうなったら射程外だろうがやるしかない!!

『クイ！　一本だ。行くぞ』

そう言ってクイを素早く構えた。

『了解いたしました』

次の瞬間、一本の白く輝く魔力の矢が現れた。

射程が足らないなら、魔力を過剰につぎ込んで伸ばせばいい。女性にさえ当たらなければいい。

その分照準は甘くなるが、この際それは仕方ない。まずはあのオーガをなんとかする。

過剰に魔力を注ぎ込まれた魔力の矢は、いつも以上の輝きを放ちはじめる。

一射入魂。オーガに向けて白き魔力の矢を放つ——

魔力の矢は射程外であることをものともせず、耳鳴りのような音を響かせ、オーガに向かっていく。

それを視界に捉えながら、すぐさま新たな魔力の矢をつがえ、再び集中力を高める。

そのままオーガに狙いを定めつつ、一射目の行方を見据える。

魔力の矢は、今にも女性に襲いかかろうとしていたオーガの頬(ほお)を深く切りつけ、すぐ横を通り過ぎていく。

「チッ！　外れたか！」

それでも突如飛来した矢に、オーガが一瞬怯(ひる)み、その隙(すき)に襲われていた女性は駆け出した。だが、オーガもすぐ女性の後を追う。このままでは、彼女が殺されるのも時間の問題だ。

クソッ、まだ遠いが、それでも次は当てる。

女性を追い詰めるオーガに向け、二射目を射る。

空気を切り裂き、魔力の矢が突き進む。そして、今にも女性に殴りかかろうとしていたオーガの右足に、吸い込まれるように突き刺さった。

――ウガァァァ!!

太ももに矢が刺さったオーガは、バランスを失って前のめりに転倒する。

それを確認しながら、僕は次の魔力の矢を準備する。

『有効射程まで三十秒』

セバスさんより報告が入る。

あと少し。

射程に入った瞬間、確実にオーガを仕留める。今は動かず集中力を高めるんだ。

そしてついにカウントダウンが始まった。

『カウント十秒前……五秒……三、二、一、発射！』

発射の声と同時に、三本目となる魔力の矢を放つ。

今度は正真正銘の射程圏内。狙い澄ました魔力の矢は寸分違わず、立ち上がりかけていたオーガの眉間を撃ち抜き、その命を瞬時に刈り取った。

ゆっくり倒れていくオーガを一瞥し、次の標的を探す。

『クイ、三本だ！』

この距離なら三本でも行ける。

『了解いたしました』

再び引き絞(しぼ)った弓に、三本の魔力の矢が現れる。そして、視認できた新たな標的に向け、すぐさま放つ。

三本の魔力の矢は、それぞれが別々に白光の軌跡を蒼天の空に描き、村に侵入していた三体のオーガの頭部をほぼ同時に射抜く。

『セバスさん、村の状況とオーガの残数を！』

とにかく、村の現状確認だ。

『今のところ村人に死者及び怪我人(けがにん)は出ておりません。現状オーガの総数はオーガロードを含め三十九体。うち十一体が村の中に先行して侵入しております。オーガロードと思われる個体は、村の外にて確認、ただまだ、これといった動きは見せておりません』

オーガの数の割には思ったよりも村の中までは侵入されていないな。不幸中の幸いというやつか。もし一気に襲ってきていたらと思うとゾッとする……。とはいえ、村の外に多くのオーガがいるから、村の人たちも外には逃げられないだろう。

『視覚連動で、オーガは赤、村人は青に表示してください！』

ここからは時間との勝負だ。遮蔽物(しゃへいぶつ)があろうと一目で敵味方を判断できるようにする！

『かしこまりました』

セバスさんの返事とともに、視界に赤い人型の光と青い人型の光が複数出現する。これでたとえ物陰にいようとも、オーガや村人の位置を正確に認識できる。

『クイ、徹甲矢を三本、連射用意』

『了解いたしました』

引き絞ったクイに、蒼く輝く魔力の矢が三本出現する。

徹甲矢は通常の魔力の矢よりも、鏃が細く重くそして硬い。まさに貫通を目的とした魔力の矢だ。その貫通力は一メートルもの厚さの岩石を簡単に貫く。

一気に行く!!

村に侵入している赤い敵性反応に向けて、まさに矢継ぎ早に徹甲矢を射放っていく。その数侵入したオーガと同数の十一本。

合計十一本の矢は、時には木を貫き、時には家屋を突き破り、村に侵入した十一体のオーガに襲いかかる。

『オーガの討伐状況は？』

『七体の討伐を確認。生き残りは四体、いずれも重傷を負っております』

やっぱり徹甲矢は貫通力が高い分、殺傷力は低いか……。さすがにこれでオーガを一撃で仕止めようとすると、確実に急所を射抜くしかないな。

この距離なら四本同時でも行ける——。よしッ！　一気に倒す。

『クイ、四本三連射だ』

『了解いたしました』

さらに放ったのは、四本同時で三連射、合計十二本の徹甲矢だ。徹甲矢の雨が、傷つき動きの鈍ったオーガに降り注ぐ。

徹甲矢は傷ついた四体のオーガに容赦なく次々と突き刺さり、残った生命力を一瞬で全て奪いさった。

『村に侵入したオーガの殲滅を確認いたしました。新たに三体のオーガが侵入開始。オーガロードの動きはまだなく、村の外より中の様子を窺っているようです』

セバスさんからは、オーガたちの状況が報告されてくる。

よし、これならなんとか間に合う。

『クイ、通常矢に変更。三本用意！』

『了解いたしました』

すぐに三本の白い魔法の矢が出現し、新たに村に侵入を開始した三体のオーガの頭を躊躇うことなく射抜いた。

どこからともなく降り注ぐ魔力の矢を、このときハッキリと認識したオーガたちは、明らかに怯えた表情を見せる。

そして、オーガたちが狼狽している隙に、僕たちは一気にコルマ村上空に到着した。

「クレイさん、今から僕は先に下に降ります。代わりに僕の仲間を召喚して、ベガ――ペガサスの操縦やその後の行動を全て彼女に任せます。クレイさんは彼女の指示に従って、おとなしくペガサスに乗っていてください」

「えッ!? 降りる!? 召喚!? それに彼女に任せるって誰に!?」

突然のことに明らかに混乱しているクレイさん。しかし、申し訳ないが今はゆっくり説明している時間はない。

『クイ、援護をお願い。あと、ついでにクレイさんのこともよろしく。セバスさんは状況確認をお願いします。レヴィ、イジスさん、僕らは直接突っ込むよ』

『お任せください』

『かしこまりました』

『待ってました！』

『御意』

クイから始まり、セバスさん、レヴィ、イジスさん、それぞれから返事を受け、僕はベガからオーガの密集する中に飛び降りた。

「なッ!? ちょッ――。クラウドさん!! って君、誰!?」

上空でクレイさんが何かを叫んでいたが、今は気にしている場合じゃない。

群がるオーガに向けて自由落下をしながら、少し離れたオーガ密集地帯へ挨拶代わりに爆炎系火魔法を撃ち込む。

ひと抱えほどもある豪炎の球体が、まるで隕石のようにオーガの群れに加速しながら落下していく。

僕は豪炎の軌跡を視界に捉えながら、オーガが蠢く大地に着地。それと同時に、眼前にいた三体のオーガに向けて魔剣レヴィを横一閃。瞬時に三体のオーガを真っ二つに斬り飛ばす。それと同時に、後方では暴発音を伴った巨大な火柱が周囲を赤々と染めあげる。

僕はそんな巨大な火柱を背に、動きを止めることなく次の標的に襲いかかる。

突然の空からの襲撃、しかもいきなりの大爆発。完全に混乱状態に陥ったオーガたちを、僕は次々と斬り捨てる。

中には混乱から立ち直り、反撃を試みるオーガもいたが、その攻撃は神盾イジスによって阻まれ、僕を傷つけるまでには至らない。

上空からは、人化したクイがペガサスのベガを駆り、逃げ惑うオーガを容赦なく射抜いていく。

時間が経つにつれ、オーガはなす術なく数を減らしていった。それはまさに蹂躙する者が、蹂躙される者に変わった瞬間だった。

◇　◇　◇

ワシは悪い夢でも見ているんじゃないだろうか。

あれほど堅牢(けんろう)さを誇っていたコルマ村の防壁がつい先ほど破られたのだ。そして、村の外に群がっていたオーガたちは、崩れた防壁を乗り越え、次々と村の中に入り込んでいる。

魔物たちはワシら人間を一人残らず炙(あぶ)り出そうと、家を次々と破壊して回っている。ワシらはそれに抵抗すらできず、ただただ逃げ惑うことしかできなかった。これを悪夢と言わずしてなんと言えばよいのか。

助けを求めて街までラオたちを出したのが昨日の朝のこと。街まで到着するのに早くともあと一日はかかるだろう。それから騎士団が出発したとして、村に到着するのに早く見積もってもさらに三日はかかる。壊滅するのに充分過ぎる時間だ。まさに絶望的な状況だ。

次々に家を壊され、村の者たちが逃げ惑う。まだなんとか人的被害は出ていないが、このままではそれも時間の問題だ。クソッ、ワシは村長として判断を誤った。奢(おご)りがあった。今さら言っても詮なきことだが、悔やんでも悔やみきれん。

「キャアアアー!!」

突如鼓膜を震わす、絹を裂くような女の悲鳴。

悲鳴のもとを求め視線を動かすと、そこにはオーガに今まさに襲われようとしている、転倒した村の娘――エレンの姿があった。

クソッ！　ここからでは助けに向かったとしても到底間に合わん。いや、たとえ間に合ったとしても、ワシの力では何もできず、ワシもろとも殺されるだけだ。エレンよ、すまない。ワシのせいで……

そしてついにオーガは巨大な棍棒を振り上げた。だがその瞬間、突如一筋の光が煌めいた。

耳鳴りのような音とともに飛来する一本の白き光の矢。それが、オーガの頬を深く切り裂いた。

突然の頬の痛みとともに、どこからともなく飛んできた光の矢に動揺を見せるオーガ。わずかにタタラを踏み後退する隙に、エレンはとっさに走り出した。

「エレンよ、こっちだ!!」

呼びかけに気が付いたエレンはワシに向かって走る。だが、オーガもすぐに怒りの咆哮を上げ、エレンを追いかける。

ダメだ、このままでは追いつかれる。ワシが思わず飛び出したとき、再び空に一筋の光が走り、エレンを追っていたオーガの右太ももを穿つ。

――ウガァァァァ!!

いきなりのことに一瞬足を止めそうになるも、好機と感じたワシは、叫び声を上げて倒れたオーガを尻目にエレンと合流する。

「エレンよ、怪我はないか!?」

「ハイ、あ、ありがとうございます」

「礼などいい。今はこの場から早く離れるのだ」

「ハイ！」

良かった。本当に良かった。まさに奇跡。きっとこれは天神ファラリス様のご加護に違いない。

しかし今の光は、なんだったのだ？　村の者の誰かがオーガに矢でも放ったのだろうか？　……いやあり得ない。今のは確か、魔法の矢だったはず。そんなものを使える者などこの村にはいない。

それならばいったい誰が……

そう思っていると、三度光の矢が飛来し、立ち上がろうとしているオーガの眉間を見事に射抜いてしまった。何者かは知らんが、恐ろしいまでの弓の使い手だ。

そこからは何が起こっているのかワシには全く分からなかった。それこそ夢でも見ているかような思いだった。

次々に飛来する光の矢によって、オーガたちはなんの抵抗もできず、瞬く間に打倒されていく。たとえそれが木の陰や家屋の陰に隠れていようとも全く関係なく、木や家屋ごと光の矢はオーガを正確に貫き、命を奪っていった。

——いったい何者が⁉

「村長、アレを見て！」

そのときエレンが空を指差した。

どこから現れたのか、そこには淡く翠色に輝く美しい弓を片手に、天馬を駆る少年の姿があった。

「村長、あの少年の後ろにいるのって、クレイじゃないかしら⁉」

よく見ると、確かに少年の後ろには、必死にしがみついているクレイがいる。

「そうか、クレイたちが助けを呼んできてくれたんだな！」

そして天馬に乗って現れた少年は、何を思ったのか、突然一人オーガの群れの中に飛び込んでしまった。

「バカな!!　なぶり殺されるぞ!!」

だが少年はそうはならなかった。彼の魔法により爆炎の炎が吹き荒れる中、一人荒野を行くように、襲いくるオーガを蹂躙していく。

最悪を覚悟した絶望の中、突如としてこの地に現れた若き救世主。それはまさにお伽話に聞く伝説の英雄そのものだった。

村は……コルマ村は、きっとこれで助かる。あの若き英雄の手によって。

ワシは拝みながら、少年の戦う姿を見つめていた。

◇　◇　◇

「セバスさん！　オーガロードはどうしてます？」

次々と襲いくるオーガを魔剣レヴィで斬り捨てつつ、最重要標的であるオーガロードの動向を確認する。

『現在、まだハッキリした動きはございません。ただ、どうやらクラウド様の様子を窺っているようです』

よし、狙い通りだ。このままオーガロードの意識が僕に集中してくれれば、村の人たちが狙われる危険はかなり少なくなる。僕としては、その方が村を守りながら戦うよりも断然戦いやすい。

「村は大丈夫ですか？」

『クイが、村に侵入しようとしているオーガを優先的に排除しております。オーガロードの動き次第ですが、今のところ問題ないでしょう』

普段食い意地が張っているとはいえ、さすがは僕の弓の師匠。いざ戦闘となるとやっぱり頼りになる。

「オーガロード以外のオーガの生き残りは？」

目の前に立ち塞がったオーガを袈裟懸けに斬り裂き、セバスさんに問う。

『オーガは残り十一体でございます』

接近戦を始めてからもう半数以上は倒したわけだ。なかなか順調に進んでるんじゃないかな。村の人たちにも被害は出ていないみたいだし。

ただし、セバスさんが言うように、オーガロードの動き次第ではどうなるか分からない。できる限り動かないでいてもらいたいんだけど……

「セバスさんは引き続き、オーガロードの動向を確認していてください。何か動きがあれば、優先的に報告を！」

『かしこまりました』

よし、とりあえずオーガロードはこれでいいとして、オーガロードと対峙する前にできるだけ多くオーガを倒しておこう。できれば全て倒しておきたい。オーガロードとの戦闘中、邪魔に入られるといちいち面倒だし、不確定要素はなるべく減らしておきたい。

「レヴィ、イジスさん、このまま一気にノーマルオーガを殲滅するよ」

『ほい、きた！』『御意』と二人の返事を受け、オーガの新たな密集点に向け、僕は躊躇いなく突っ込んでいく。

オーガが密集する中をレヴィを振り、激しい鮮血をまき散らして突き進む。

オーガたちは抵抗を試みているが、僕の攻撃がそれを許さない。

たとえ複数のオーガに囲まれようとも、地獄のバトルロイヤルに比べれば、ピクニックに行くようなものだ。

オーガは時間を追うごとに数を減らしていく。そしてついには残り三体を数えるまでに減った。

そこまで来ると、オーガの方も僕には敵わないと思ったのか、逃亡を始める。だがしかし、そんなことを許すようなオーガロードではなかった。

逃げようとしたオーガの頭をむんずと掴み、そのままグシャリと握り潰してしまったのだ。

オーガの頭をまるで熟れたトマトのように簡単に握り潰すオーガロードの姿を見て、残った二体のオーガは恐怖で立ちすくんだ。そして二体のオーガは腰が引けながらも、再び僕に得物を向ける。

手下とはいえなんともあっさりと……。なかなかおっかないボスのようだ。生き残った二体のオーガが気の毒になってきた。だって逃げるも地獄、戦うも地獄なんだもんな。僕だったら泣いてるかも。

それにしても、あのオーガロードのデカさは尋常じゃない。ただでさえデカいオーガの二倍以上は優にあるんじゃないかな。

さらに頭の角が三本になり、顔も厳つさが増して迫力満点。いや、怖さ満点だ。

しかも、なんちゅう握力してるんだよ。あの硬いオーガの頭を片手で簡単に握り潰すとか、化物にもほどがある。それに加えて鉈を巨大化させたような大剣まで持っている。迷宮脱出以降戦う相手としては最強だ。いやだなあ、投げ出して帰りたい。

とはいっても、ここはもうやるしかないんだろな。どう見ても帰ってくれそうにはないし。むしろカンカンにお怒りのようだ。

はあ、なかなか思い通りにはいかないよね。

『クイ、援護してほしい。その前にクレイさんは邪魔になりそうだから、先に村に降ろしてきて』

『了解いたしました。降ろしたらすぐに戻ります』

クレイさんのことはこれでいいだろう。あとはオーガロードの方だな。

「セバスさん、このオーガロードのレベルはいくつですか？」

『レベル百四十八でございます』

一般的に百四十って言っていたのに、かなりレベルが高いな。

僕の今のレベルは百一だから、そのレベル差四十七か。ちょっとマズイかも……。さてと、どう戦うか。

そんな風に悩む僕に『ね～、クラウド。【メギドソード】使う？』とレヴィが聞いてきた。

【メギドソード】は、迷宮を脱出したときに使って以来一度も使用していない。すでに迷宮を出てから一ヶ月以上経っているから、いつでも使用できる状態だ。

確かに【メギドソード】を使えば、たとえオーガロードでも一発で倒せるだろう。だが再使用まで三十日の縛りがある。いつ何があるか分からないハンターの仕事では、切り札はできる限り残しておきたい。つまりそう簡単に【メギドソード】を使いたくないのだ。もちろん必要と判断したら迷わず使うけどね。だが、今はまだそのときじゃない。

「いや、今のところはやめておくよ。もし、まともにやってみてダメだったら、遠慮なく使わせてもらうけどね」

『了解～、まあボクたちもいるから、【メギドソード】なしでもなんとかなるんじゃないかな～』

レヴィ先生のお墨付きが出た。さてと、後はどうやって倒すかだが……。まずは一戦してみよう。

それで、レベル差四十七というのがどれほどのものかじかに感じてみる。

「それじゃあ、レヴィ、イジスさん、行くよ！」

レヴィとイジスさんに一声かけ、行きかけの駄賃に二体のオーガを斬りつけ、そのまま足を止めずに、オーガロードとの間合いを一気に詰める。

オーガロードはこちらを睨むと、担ぐように持っていた巨大な大剣を縦一閃、僕目がけて振り抜いた。

まだ間合いには遠いはずだが、ゾクリとする嫌な感覚を背中に感じ、ただ勘だけでとっさに横へ飛ぶ。

すると、僕が走り込もうとした空間を、地面を抉る不可視の斬撃が駆け抜けていく。

あっぶな！　飛ぶ斬撃かよ。あんな筋肉ダルマのくせして、遠距離攻撃までありなのかよ。人は見かけによらないってまさにこのことだな。オーガロードは魔物だけど。

さすがにこのクラスの魔物になると、そう簡単にはいかないか。

しかし、いくら飛び道具を持っているといっても、あんな大振りの攻撃、来ることさえ分かっていれば大して怖くない。

すぐさま体勢を立て直し、再びオーガロードに向けて突撃を開始する。

オーガロードの大剣が再び振り下ろされ、不可視の斬撃が迫る。いや、きっと迫ってきているはず。それを勘と感覚だけで紙一重でかわし、オーガロードの懐に潜り込むように飛び込む。そして勢いを殺すことなくそのまま腹を目がけて魔剣レヴィを振るった。

だがしかしオーガロードはそれを察知していたのか、切っ先を全く触れさせることなくバックステップでいとも簡単にかわしてしまう。

チッ！　そんなデカイ図体のくせして、なんで機敏に動けるんだよ。

クッ!!　しかも反撃が異常に速い！

オーガロードの大剣の刃が眼前に迫る。

次の瞬間、鼓膜を襲う鳥肌が立つような嫌な金属音。そして、時を同じくして左腕を襲うすさまじいまでの衝撃。

大剣の一撃は神盾イジスで受けたが、その強烈なまでの力は押さえきることができず、詰めた距離をリセットされるように激しく弾き飛ばされた。

「いっつー！　あー、クソッ!!」

なんて馬鹿力だ。盾がイジスさんじゃなかったらと思うと、ちょっとゾッとする。

だがのんびり痛がっている場合じゃない。すぐに体勢を立て直して追撃に備える。だが――

追撃が来ない。しかもあの余裕の嗤い。僕のことを完全に舐めているのか？　確かにパワーの差は大きいけど。

「イジスさん、大丈夫ですか？」

『主よ、あの程度の攻撃、何万回受けようとも、拙者に傷一つ付けられませぬぞ』

さすがは伝説の盾、神盾イジスだ。

とはいえ、何万回もあんな攻撃を受けていたら、イジスさんは無事でも、扱う僕の体の方が持たない。

さすがにオーガロードというだけあって強い。力はもちろんだけど、あんなに俊敏に動けるとは全くの予想外だ。というか、いくらなんでも反則だろ、あれ。

力でダメなら速さで勝負と思ったけど、その速さでもほぼ互角とあっては正直しんどすぎる。これがレベル差四十七というやつだろうか？　実のところ、接近戦で勝てる気が全くしない。さてと、どうしよう……

とりあえず、剣でダメなら、ってことで――

『ご主人様、クレイさんを安全な場所に降ろして参りました』

やっとクイが戻ってきた。ようやくこれで僕の全戦力が揃ったわけだ。

『セバスさん、ここからは僕のサポートのみに集中してください』

『かしこまりました』

よし、いよいよここからが本番、総力戦だ。


戦い方だが、接近戦がダメなら魔法攻撃でってことになるわけだが、あの化物相手にどれだけ魔法が効くか分からない。やっぱりこちらも色々試してみるしかないかな。

「クイ、これから魔法攻撃を起点とした戦闘に切り替える。援護をよろしく」

「了解いたしました」

クイは返事をすると、すぐさま多数の魔力の矢を創り出し、オーガロードに攻撃を仕掛ける。仕事が早い。食べるのもだけど。

オーガロードは、顔をガードするだけで、体に当たる魔力の矢に関しては一切気にする様子すら見せない。実際、体に当たったと思われた魔力の矢は、いとも簡単に弾かれてしまい、傷一つ付けられなかった。

クイの魔力の矢が全く効かないとは、恐ろしく硬い奴だな。だけど頭をガードしているということは、頭部は体ほど頑丈にできてないのかもしれない。まあ、目とか弱そうな部分を守ってるだけかもしれないけど。

おっと、考察なんてしている時間はなかったんだ。クイが作ってくれたこの時間を有効に使わないとな。

ということで、レヴィを鞘に収めると、すぐさま火魔法で創り出す炎の槍を多重展開していく。

それに伴い、僕の周りに七本の炎の槍が出現し、周囲を赤々と照らしだす。

リザードマンジェネラルを仕留めた魔法だ。まずはこれで、オーガロードにどれだけダメージを与えられるか確かめよう。

「さてと、どの程度効きますか、ネッ!!」

ガードを固めるオーガロードに向け、炎の槍をわずかに時間差をつけて次々に撃ち放つ。

撃ち放たれた七本の炎の槍は、意識をクイに向けていたオーガロードに次々と襲いかかり、激し

い爆発とともに爆炎を吹き上げる。

だがそれは、オーガロードに炎の槍が届いたからではなかった。

次々に飛来する紅く燃える炎の槍を、オーガロードは手に持つ大剣を一振りするごとに斬り飛ばし、美しくも凶悪な爆炎の華を咲かせていく。

「――嘘だろ!?」

そんなのありですか？　七本の炎の槍全てを、あんな馬鹿デカイ剣でさばききってしまうなんて、化物にもほどがあるだろ。

あ、マズイ！　今の攻撃でオーガロードの標的が僕に変わったかも。

さっきまで、弓を放つクイだけを見て、僕に寄ってこようともしなかったオーガロードが、気持ち悪い笑みを浮かべて、ゆっくり近づいてくる。クイはそんなオーガロードに、何度も魔力の矢を放っているが、相変わらず頭だけを守りつつ、体に当たる魔力の矢は完全に無視して、こちらに歩みを進めている。

耐久力といいあの剣さばきといい、いくら何でも鉄壁過ぎるだろ。

しかし、魔法攻撃をかわすのではなく、剣で薙ぎ払うとは、デカブツのくせになんて器用な……。

あ、それなら、あの魔法を試してみるのもいいか……。あの魔法なら、むしろ剣で薙ぎ払ってもらいたい。

オーガロードが徐々に迫る中、僕は新たに魔法を展開していく。

それを援護するように、クイは矢の雨をオーガロードに降らせる。だが、そんなクイの攻撃も、やはりオーガロードの硬い皮膚を貫くことはできず、弾かれ続けている。

クイの基礎能力は、僕のレベルに準じている。ただ、多少能力のバランスが違うため、攻撃力や耐久力は僕よりも劣り、その代わりと言ってはなんだが、敏捷性と器用さはクイが圧倒している。

クイの攻撃力は、僕のレベルが高くなればなるほど、同じように高まっていくらしい。つまり何が言いたいかというと、僕のレベルが上がれば、あのオーガロードの馬鹿みたいに堅い皮膚も、いずれはクイの力で貫けるようになるはず、ということだ。今はどうせ無理なので、正直どうでもいいことなんだけど。

そんなことを考えているうちに、新たに展開した魔法が完成する。

創り出したのは、今の僕が同時に創り出せる魔法の槍の最大数——炎の槍九本プラス二本、合計十一本の魔法の槍。その魔法で創られた槍を、先ほどと同じようにわずかな時間差を付けて、すぐそばまで迫ってきていたオーガロードに向け、次々と撃ち放つ。

「これならどうだ⁉」

撃ち放たれた九本の炎の槍を、オーガロードは至近距離であるにもかかわらず、大剣を振るいあっさり爆散させてしまう。

——行ける‼　そのオーガロードの様子を見て、僕はそう確信し、口角を上げる。

次々と魔法で創られた槍がオーガロードの剣で打ち砕かれる中、突然ひときわ激しい雷光が走り――オーガロードは痙攣を引き起こして、完全に動きを停止させる。そこに追い討ちをかけるように煌めく新たなる雷光。次の瞬間、雷で象られた魔法の槍がオーガロードの体を貫いた。

「よっしゃー!!」

これは思った以上にうまくいったぞ。

やったことは単純。炎の槍の中に、風魔法の上位属性である雷魔法で創った槍を、二本交ぜて撃っただけだ。だが案の定、オーガロードは炎の槍に交じって飛んできた雷の槍を、なんの躊躇いもなく剣で弾きにきた。おかげで剣を通して電撃が伝わり、オーガロードは感電。動きが固まった瞬間にもう一本の雷の槍で体を貫いたのだ。

さらに動きを止めたオーガロードの左目を、狙い澄まして放たれたクイの魔法の矢が見事に貫いた。

――ウガガアァァァァー!!

オーガロードは怒りとも悲鳴とも取れる咆哮を上げ、のたうち回ろうとする。だが、まだ感電の影響は大きいようで、うまく体を動かせず、その場でもがくだけだ。

「このまま一気にトドメを刺す!!」

『やっとボクの出番だね。待ちくたびれたよ』

レヴィの軽口を聞きながら、レヴィを引き抜き、動けないオーガロードのもとへと走る。そして――

「【オーラソード】!!」

僕の叫びとともにレヴィの剣身は、光り輝く真っ赤な光に包まれる。それはまるで、これまで抑えられていたエネルギーが一気に溢れ出してきたかのようだった。

――グゥオォォォー!!

オーガロードが吠える。赤々と輝くレヴィを凝視し、全ての怒りをぶつけるように怨嗟の咆哮を上げながら、まだ残る右の目に憤怒の色を滲ませ、僕を睨みつける。

圧倒的なまでの迫力に、一ヶ月前の僕なら完全にビビってその場で硬直してしまい、この絶対の好機を逃してしまっていたかもしれない。しかし今の僕なら、この程度の威圧でビビったりはしない。……あ、でも感電してなかったら少しはビビったかも。

そして僕は、片膝をつき牙を剥くオーガロードの首目がけて、全力でレヴィを振り抜いた。


「ハア、ハア、ハア……。やればできるもんだな」

地面に転がるオーガロードの頭部を見ながら、僕は座り込んで呟いた。

周囲に視線を移すと、まだ半死状態だったオーガにクイが魔法の矢でトドメを刺していた。すでに戦えるオーガは残っていない。あのままクイに任せておけば、いずれ全て終わるだろう。

『お疲れ～、あっちももう終わりそうだねえ』

レヴィが珍しく労いの言葉をかけてきた。

「【オーラソード】を使っちゃったけどね」

【オーラソード】はレヴィが持つ固有能力の一つで、契約者の魔力を使い、一時的に剣での攻撃力を数倍に引き上げるものだ。威力は契約者の魔力に依存するらしく、今の僕の魔力なら、通常時の三倍の威力になるらしい。ちなみにこの固有能力は【メギドソード】のような日数的な縛りがなく、【アサルトブースト】のように、僕の魔力が続く限り使用できるので使い勝手がいい。ただ、今の僕の魔力量だと、使用時間は満タン時でもせいぜい五分が限界だけどね。

『まあいいんじゃない。今回の相手はちょ～っと強かったしねぇ』

アレをちょっとと言うのはどうかと思うよ。それどころか、出し惜しみしていたらどうなっていたか分からない相手だったと思う。

「クラウド様、お疲れ様でございます。オーガたちの屍は私の方で回収しておきますので、今はゆっくりお休みください」

そう言ってきたのは、いつの間にか人化していたセバスさん。

さすがセバスさん、分かっていらっしゃる。正直今回はもう動きたくなかったりする。

「セバスさん、ありがとうございます」

「礼など不要でございます」と言って、セバスさんは周辺に散らばるオーガの死体を回収しはじめた。

さて、このまましばらくのんびりここに座っていたいけど、どうやらまだ休めそうにないかな。

村の方に視線を移すと、戦いが終わったことを知った何人かの村人が、こちらに近づいてきているのが見える。中には、案内役だったクレイさんの姿もあった。

「ご主人様、私が対応いたしましょうか？」

全てのオーガにトドメを刺し終えたクイが、僕のそばまで戻ってきてそう申し出てくれた。

んー、クイの申し出は嬉しいけど、そういうわけにもいかないよな。

「いや、自分で応対するよ。でも一緒に来て。もしそこで気になることがあったら教えて」

「了解いたしました。お供させていただきます」

ということで、僕は疲れた体に鞭打って、コルマ村の人たちと話をするべく、重い腰を上げた。

◆思い通りにいかないようです◆

「ワシは、このコルマ村の村長をしておるヘルゲという者です。村を救っていただいたこと、なんとお礼を申していいものか……。誠にありがとうございます」

深々と頭を下げる村長のヘルゲさん。

それにならうように、一緒にやって来ていたクレイさんをはじめとする三人の村の人たちも、一斉に頭を下げる。

「そんな……。困ったときはお互い様ですよ。気にしないでください」

今まであまり感謝なんてされたことがなかったから、こんなときどうしていいか分かんなかったりするんだよね。

「そんなことよりも、村の人たちの中に怪我をしている人はいませんか？　僕は回復魔法が使えます。もし怪我をされている方がいたら、遠慮なく言ってください」

一応確認はしたつもりだが、村であれだけオーガどもが暴れたのだ、もしかしたら気づかないうちに怪我人が出たかもしれない。

「おお、その年であの強さ、さらには回復魔法まで……。ん？　そう言えば、先ほど火魔法も使っておられたような……。あ、これは失礼しました」

どうやら火魔法使いなのに、回復魔法まで使えることに多少疑問を感じたようだ。まあ、絶対いないというわけでもないが、ほぼ皆無と言っていいほど珍しいからね。おそらく村長は、気を使って詮索しないようにしてくれたんだろう。ありがたい。

「怪我人でしたな。軽いカスリ傷程度の者はおりますが、不幸中の幸い、回復魔法を使っていただくほどの怪我人はおりません。しかし、あなた様が来られなければ、この村は……このコルマ村は、間違いなく全滅していたことでしょう。ワシの誤断で村の者全員の命を危険に晒してしまいました。ですのでワシはワシは……あなた様に、感謝の、感謝の言葉しかございません。本当に、本当にありがとうございます」

涙を溢(あふ)れさせて、ありがとうを連呼する村長のヘルゲさん。

『おそらく張り詰めていたものが切れて、今まで抑えていた感情が一気に溢(あふ)れ出たのでしょう』

いつの間にか、腕輪に戻っていたセバスさんが教えてくれた。

そりゃあ、オーガみたいな強力な魔物が大挙して村に押し寄せてきたんだ。しかも、大丈夫だと思っていた村の防壁が壊され、村も壊滅寸前までいった。村長としてこれ以上ないほどの重圧だったんだろうな。

しばらくするとヘルゲ村長は落ち着いたようで「申し訳ない。みっともないところをお見せしてしまいました」とまた頭を下げた。そして突然思い出したかのように――

「これは失礼いたしております。村の救世主様のお名前を伺(うかが)っておりませんでした。もしよろしければ、あなた様のお名前をお聞きしたいのですが」

救世主様って、そんな大したことしてないんだけど。

「構いませんよ。僕の名前はクラウドです。ハンターをしています。あと、救世主なんて言うのはやめてください。ハンターとして、魔物の討伐は当然の仕事ですから」

「そんな……。クラウド様はわが村にとって真の救世主様です」

やめて、恥ずかしい。――と言いたいとこだけど、雰囲気(ふんいき)的に言いにくい。

「あのー、できれば普通に接してください」

一応お願いしたけど、どうやら無理そうだ。ヘルゲ村長なんて、僕に向かって拝んでいるし。

それから、ヘルゲ村長からお礼の宴を催したいという強い申し出があり、断ることもできず、村にお邪魔することになった。

ちなみに、村に向かうことになったので、僕の装備たちにはおとなしく武具の状態でいてもらっている。

しかし、これから宴をするのはいいけど、家とか防壁とか壊れたままなのは大丈夫なのかな？と、一人で勝手に心配していたら、村の若い男衆により、宴の準備と並行して、簡易ではあるが防壁などの修復をちゃっちゃと終わらせてしまった。

さすがは大深林とともに生きる村だけのことはある。実に逞しいことこの上ない。


そのあとはまさしく村総出で、お礼の宴が執りおこなわれた。

定番の大猪の肉や一角ウサギの肉、山菜に木ノ実や果物まで、多くの森の恵みを中心に、村としては贅沢品であろう酒までふるまわれ、まさにお祭り騒ぎだ。

宴の間、僕に興味があるのか、村の若い娘たちがひっきりなしに話しかけてきたのだが、僕としてはそういう風にちやほやされたことがなかったので、どう接していいか分からず、全く会話が続かない。唯一、エレンという名の最初に助けた女性とだけは、多少会話がはずんだような気もするけど。

宴は夜中になるまで続き、その間ずーっと村中が騒いでいた。もしかしたらこの人たち、お礼というよりただただ騒ぎたいだけなんじゃないだろうか？

そんな感じで、楽しいような居心地が悪いようなひと時を過ごし、この日はヘルゲ村長の家に泊めてもらった。


翌日、村長の奥さんに用意してもらった朝食を食べていると、街から騎士団が来るまでの三日ほど、護衛として村に留まってもらえないかと、ヘルゲ村長に頼まれた。

確かに今のコルマ村の防壁では、魔物が大挙して襲ってこられたら対処できそうにない。

というわけで僕はその依頼を快諾し、護衛料として昨日のオーガ討伐分と合わせて金貨一枚で引き受けることにした。

ヘルゲ村長はいくらなんでも安すぎると言っていたが、元々村の護衛の料金の相場なんて知らない。それに、今回はオーガの素材もいっぱいあって、僕的にはウハウハの儲(もう)けだったから、金貨一枚でも全然問題ないんだよね。

ちなみに、あとでセバスさんにこういうときの相場を聞いたら、コルマ村程度の規模の村なら護衛三日で金貨二枚。さらにオーガとオーガロードの群れの討伐とを合わせると、金貨十五枚が最低であるらしいことを知った。確かに安すぎたか……。今さらだけどね。

でもまあ、そんなに裕福そうな村でもないし、復興にもお金がかかるだろうから、僕が満足ならそれでいいのだ。

そういうわけで、しばらく村の復興の様子を眺めつつ、のんびりしていたのだが、これが実に暇で暇でたまらない。まだ朝夕は訓練をしていたのでいいが、昼間は特に暇だった。かといって護衛を任されている以上、昼間も訓練に充てて消耗しすぎるわけにもいかず、ただのんびり村の風景を見ているしかなかったのだ。

そこでどうせならと、本格的に始まっていた村の防壁の修繕を一緒に手伝うことにした。

最初は木材の運搬などの力仕事を手伝っていたのだが、ふと木で造った防壁より土で造った防壁の方が丈夫じゃね？　魔法でやれば手間もそんなにかからないし。そう思い、さっそくヘルゲ村長に提案したら即採用。すぐさま土魔法で防壁を創ったのだが、壊れたところだけ土魔法で創るのもなんだしと考えて、村を囲む防壁全部を土魔法で創り変えてみた。

結果できたのは、土とは名ばかりの城壁のような石の壁。まあ、石も土魔法で創れるわけだから、当然の結果と言えば当然かな。

しかし、我ながら素晴らしい出来だと思う。これならオーガロードでもそうそう壊せないんじゃないだろうか。決してやり過ぎってことはないだろう。……たぶん。

ただ、防壁をわずかな時間で創っていくのを見た村人たちから「おー、大魔導士様だ！」と拝まれるようになってしまったのは予想外だった。なんとも居心地が悪い。

やっぱりちょっとやり過ぎたのかな？　でも、セバスさん曰く、僕の魔法能力って初心者を脱した程度って言っていたからな。これくらいできる人は結構いるはずだよね。それとも何か違うのかな？

「セバスさん、僕の土魔法って、やっと初心者を脱した程度という話ですよね？」

少々不安になってきたので、念のために確認しておくことにした。

『その通りでございます』

即答だ。やっぱりそうだよね。僕ぐらいに魔法使える人、たくさんいるよね。

だが――『それ、千年前の基準だけどね～』と、レヴィがボソリと言う。

千年前の基準？　ちょっと待った。それ、どういうことだ？　もしかして僕の魔法、現在では普通じゃないの？

「……セバスさん？」

『……千年前からの私の基準でございます』

「……現在じゃ普通じゃないと？」

『現在の基準ですと、魔導士程度の力でしょうか』

「…………」

ま、魔導士!?　今、魔導士程度って言ったよね！　セバスさん、それって一流の魔術師の称号だからね。普通なら宮廷魔術師になるような実力者だよ。あ、道理でレベル百五十近いオーガロードが、僕の雷魔法で感電して動けなくなったわけだ。ようやく合点がいった。初心者に毛が生えた程度の人間の魔法が、上位種であるオーガロードに普通効くわけないよね。もっと早く気づくべきだった。

……ということは、これはちょっとやっちまった感がすごいぞ。この防壁を見たら、騎士団の方々はどう思うのだろうか？　……うわあ、嫌な予感しかしない、どうしよう？

……騎士団が見えたら逃げようかな。

うん、たぶんそれが一番いい。そうしよう。

「セバスさん、騎士団の人たちが村から一時間くらいの距離まで来たら教えてください」

『かしこまりました』

とりあえず、これで大丈夫……なはず。明日、騎士団が到着する予定だから、近くまで来たら到着する前にヘルゲ村長に挨拶(あいさつ)して、素早く旅立とう。大丈夫、これで何も問題ないはずだ。

思い通りにいかないのが世の中だって実感する今日この頃。
翌日、いつ騎士団が来てもいいように早めに昼食を食べ、いつでも出発できるよう村長の家の一室で準備を整えていると、凶報は何の前触れもなくセバスさんからもたらされた。
『クラウド様、報告がございます』
お、いよいよ騎士団がやって来たのかな？　予想よりも少しだけ早かったけど、まあ想定の範囲内だから特に慌てる必要ないけどね。

『騎士団の到着ですか？』

『いえ、そうではなく、魔物が一体村に急接近しております』

なッ⁉　このタイミングで魔物の襲撃ですか？　なんて間の悪い魔物だよ。

『ちなみにその魔物の種類とレベルは？』

僕の完璧な計画を台なしにしてくれたのは、どこのどいつだ？

『種はワイバーン。レベルは百十五の亜竜でございます』

ワイバーン――飛竜だったのか。

しかし、さすがはワイバーン。亜竜とはいえ竜種だけあってレベル百オーバーは立派だ。

昨日のオーガロード戦でレベルが百八まで上がったけど、まともにやり合ったら簡単に勝てる相手じゃないかも。

だが、この手の相手は、クイさえいれば特に問題ないはずだ。

『クイ、いけそう？』

弓形態で壁に立てかけてあるクイに問う。

『あの程度であれば、特に問題ありません』

だろうね。それに普通に撃ってダメでも、クイのあの固有能力を使えば問題ないだろうしね。

『今回はボクの出番はなさそうだね』

レヴィの言う通り、今回は近接戦闘になる前に叩く予定だ。

『セバスさん、ワイバーンがコルマ村に到着するまでの時間は？』

『到着予想時間は約十分後。有効射程まで約八分三十秒でございます』

かなり早いな。さすがは飛竜ってところかな。仕方ない、急いで行きますか。

両手で顔を一回叩いて気合を入れ、僕は部屋を飛び出した。


「セバスさん、視覚補助をお願いします」

『かしこまりました』

外に出た僕は、まっすぐ村の物見櫓にのぼり、ワイバーンの討伐準備を始める。

おお、見えた見えた、あれがワイバーンか、初めて見たよ。

セバスさんの視覚補助により、遠方まで目視できるようになった僕に、さっそくワイバーンの姿が飛び込んできた。

緑色の細身の体に、蝙蝠のような大きな翼。蛇にも蜥蜴にも近い顔つきだが、雰囲気はやはり最強種の一つ竜の面影をしっかりと持ち合わせている。まさに飛竜と呼ばれるに相応しい姿だ。

しかしあのワイバーン、確かにこっちに向かってきてはいるけど、この村を襲撃するつもりなんだろうか？　なんとなく、ただ単に進行方向にこの村があるだけのような……

さてどうしよう？　下手に刺激して反撃されても損だしな。このまま気づかずに通り過ぎて行ってくれないかな。

そんな期待をしながら、ワイバーンを観察していると――

「あっ！　ダメだ。たぶん気づかれた」

『たぶんじゃなくて確実に気づいてるね。めっちゃこっち凝視してるし』

レヴィの言う通り、ワイバーンの視線が明らかにこの村に向けられている。ついでに言うと、舌舐めずりもしている。言葉を充てるなら「美味そうなモノ見っけ」って感じかな。いや、冗談でなく。

すでに村までの距離は二キロを切っている。ワイバーンが本気で飛行すれば、一分とかからない。

――さてワイバーン、どう動く？

念のために、ワイバーンがいつ来てもいいようにクイを準備する。

クイならばこの距離はすでに有効射程だ。来るなら来てみろ。でもできれば来ないでね。あとが面倒になっちゃうから。

…………わずかに漂う緊張感。そして――

『やっぱり来たよ～』

「レヴィに言われるまでもなく分かってるよ！」

はあ、これで騎士団から逃げる作戦はダメになったかも……

文句を言っても仕方がない。では、やりますか。

「クイ！　いくよ」

『いつでもどうぞ』

弓形態のクイを構え、白く輝く魔法の矢をつがえる。

「もうこうなったら、亜竜とはいえ竜の実力、どんなものか見せてもらうよ」

僕はワイバーンの眉間目がけて、魔力の矢を放った。

魔力の矢は白い光を曳き、一直線にワイバーンに迫る。

——当たる。そう思った瞬間、魔力の矢がワイバーンの眼前で爆散し、跡形もなく消え失せてしまった。

「エッ！　マジで？」

『おそらく、風属性の竜が纏う風の結界かと』

また、厄介な能力を持っているな。

『クラウド様、ご報告申し上げます。騎士団到着まで約一時間となりました』

うわあ、最悪のタイミングで騎士団登場って感じだ。これはもう諦めるしかないか？

いや、騎士団は諦めるとしても、どのみち急がないとな。村の人たちがワイバーンを見たら大混乱になっちゃうだろうし。

しゃーない。アレを使うとするか。

「クイ！　【魔炎】を使うよ」

『了解いたしました』

その瞬間、構えた弓に闇のように黒い矢が顕現する。

「ワイバーン、これは耐えられるかな？　受けてみろ、【魔炎の矢】‼」

僕の力強い言葉とともに、黒い矢は漆黒の炎を噴き上げ、迫りくるワイバーンに向けて放たれた。

彗星のごとき黒い矢は、轟音を響かせてワイバーンに襲いかかる。

そして【魔炎の矢】が、ワイバーンの結界に触れた瞬間、落雷を思わせる爆発音が響き渡り、風の結界ごとワイバーンは漆黒の炎に包まれた。

おお、さすがに【魔炎の矢】は通じるみたいだ。あとはトドメ……。あれ？

そのとき、すさまじい激突音とともに、ワイバーンが、勢いよく地面に墜落し、村の近くまで跳ねるように転がってきた。

「…………へ？　もしかして、これで終わり？」

『たぶん、あれは死んだね～』

『ワイバーンの死亡を確認いたしました』

……マジですか？　実戦で初めて使ったけど、ワイバーンを一撃って……。【魔炎の矢】恐るべし。

この【魔炎の矢】は、クイの固有能力の一つで、契約者の魔力を使い、通常よりも威力を数倍に引き上げるものだ。威力は契約者の魔力に依存する。つまり、レヴィの【オーラソード】の弓矢版みたいなものだと言えば分かりやすいかな。

ちなみに今の僕の魔力量だと、一発撃つだけで三割以上の魔力が持っていかれるので、あんまり連発できないのが難点だ。

それにしても、ワイバーンがあまりに派手に墜落しちゃったから、村の人がどんどん集まってきちゃったよ。

どう見てもこの状態を放置して、村から抜け出すのはまずいよな……

これはもう諦めて、騎士団の方々と会うしかないってことだよね。はあ、なんか気が重い。あ、でも、一応逃げ道を探してみようかな……。ダメもとで。

「オーガの群れとこのワイバーンを討伐したのは君か？」
僕の目の前には、騎士団長のユリウスと名乗る男が立っている。引き締まった細身の肉体に僕より頭一つ高い身長。蜂蜜色の金髪にニヒルな表情がよく似合う四十歳前後のナイスミドルだ。
僕たちがいるのは、村から少しだけ離れたワイバーンの屍の近く。短い草花が生え広がる、どこか牧歌的な風景の中で、僕たちは向かい合っていた。とはいっても、ワイバーンの屍を検分する騎士たちが動きまわっているので、平和的な雰囲気とは言いがたいけど。
「まあそのお、一応そうです」

あのあと、一応村から脱出を試みようとしたのだが「待ってくだされー」とヘルゲ村長に泣いてすがりつかれ、あえなく失敗。さすがに、泣いてすがる老人を足蹴にして逃げるわけにもいかず、仕方なく騎士団の到着を待つことになったのだ。

騎士団がコルマ村に到着したのはそれから約三十分後。騎士団の団長であるユリウスさんは到着早々ヘルゲ村長に状況を聞き、すぐさま僕に話を聞きにやって来たのだ。

「ほお……。君はハンターなのか？」

ユリウスさんは、僕のことを興味深く観察している。

「はい、まだ駆け出しですが、一応ハンターをしています」

「ふむ、駆け出しがオーガロードやワイバーンを倒せるとも思えんが……。それで、歳はいくつだ？」

なんだか、質問攻めになりそうな予感……。

「十六です」

「ほお、若いな。その年齢であの化物どもを倒すとはな」

右手でアゴを触りながら、しきりに感心するユリウスさん。なんだか今後の展開が予想できてしまう。……嫌だな。

「君、騎士団に入る気はないか？」

やっぱりそうなるよねえ。だけど答えは決まっている。

「いえ、僕にはハンターのような、気ままな仕事が向いているので」

これで諦めてくれないかな……

「なんだ、まだ若いのに野心がないな。男として生まれたからには上を目指すのが常であろう。君ほどの力があれば、すぐ聖騎士になることも可能だろう。そうなれば晴れて貴族様だ」

いや、貴族とかなりたくないので。というより、学のない僕が貴族なんかになっても、魑魅魍魎が跋扈するという噂の貴族社会の中では、生きていけそうにないし。だいいち、自由気ままに旅ができないので論外だ。

「そう言われましても、僕なんかが貴族様などとてもとても」

「そうか……。それならば、一つ私と賭けをしないか？」

えーっと、この人急に何を言い出してるの？

「すみません、意味が分かりません。賭けって何ですか？　だいたいなんの賭けです？」

僕の言葉に、ユリウスさんは楽しそうにニヤリと笑う。

「君を賭けた剣での勝負だ。私が勝ったら君に騎士団に入ってもらう。君が勝ったら、そうだな……。今回の件で国から出る報酬を二倍払おう」

報酬って、そんなの出るんだ。しかし二倍って、元々の報酬ってどれくらいなんだろう？　そもそもそんなこと、勝手に決めていいのだろうか？

「あの、ちなみに元々の報酬額って？」

興味にかられて思わず聞いてしまった。

そんな僕の言葉に、ユリウスさんは満足そうに頷く。

「通常の報酬は金貨二十枚だ。この賭けで私に勝てば、この報酬が金貨四十枚に変わる。どうだ、いい話だろう？　ハンターだったら当然この話に乗るよな？」

ハンターだったらって、すごくいやらしい言い方するな。しかし、確かにすごい大金だ。でも、お金には困ってないんだよねえ。それに、負けたときのリスクが大きい。

『セバスさん、ちなみにこの人のレベルはいくつです？』

『この男のレベルは百二十五でございます』

おお、思ったよりも高い。さすがは騎士団長ってことか。しかしどうりで自信があるわけだ。

えーっと、今の僕のレベルがワイバーンを倒した後に一つ上がって、百九だったよな。

正直勝てるか微妙。

『レヴィから見て、この騎士団長さんと僕ってどちらが強いと思う？』

『ん～、どうだろう。普通にやったら騎士団長さん。魔法を併用して戦えばクラウドかな』

ふむ、魔法か……。今のところ、まだ防壁のことはバレてないよね。でもここで魔法を使ったら、防壁の件もたぶんバレるよね。そうしたらますます、勧誘が酷くなりそうだよね。

うわあ、やっぱり逃げとくのが正解だったな。

「おいどうした、もちろんやるのだろ？」

そんなに急かさないでよ。でもこれ、断ったらどうなるのかな？　断ってみようかな……

「えーっと、やめておき……。うおッ！」

「やめておきます」と言おうとしたら、ユリウスさんから笑顔なのにすごい圧力を感じた。

なんという無言の圧力だ。マジでちょっとビビっちゃったよ。

『セバスさん、強化系の魔法なら、ユリウスさんにバレないと思います？』

『この男は、完全に物理攻撃に特化したタイプの騎士のようです。そのためか、魔力の動きを感知するのは苦手と思われます。つまり、強化系の魔法ならば感知される心配はないと判断いたします』

まあそれならなんとかなるか。ただ、やるとしても勧誘の話はこれで終わるように、一応言質は取っておかないとな。

「分かりました。その賭けお受けします。ただし、僕が勝ったらもう勧誘はしないと約束してください。そうじゃないとお受けできません」

僕の言葉に、アゴに右手を当てしばらく考えたユリウスさんだったが、最終的に「分かった。約束しよう」と一応言ってくれた。

「本当ですね？」

とはいっても、微妙に信用ならない気がするので、思わず確認してしまう僕。

そんなに僕に「騎士に二言はない」とユリウスさんは嫌な顔一つせずに答えてくれた。

とりあえずこれで言質は取れた。後はユリウスさんに勝つだけだ。……勝てるよね？

ここは、コルマ村の中央にある円形の憩いの広場的な場所。近くには建物は建っておらず、平時なら集会や祭りに使われる場所らしい。そんな場所で僕とユリウスさんは剣を構え、対峙していた。僕らの周りには、騎士団の人たちだけでなく、復興作業を進めていたはずの人たちまで、これから始まることを今か今かと待ちわびている。人の気も知らないで、全くいい気なものだ。

僕は右手にレヴィを持ち、左手にイジスさんを構え、戦いに意識を集中する。

対する騎士団長ユリウスさんは、騎士にもかかわらず盾は装備しておらず、大剣クレイモアを両手で握り、正眼に構えている。そんなユリウスさんから放たれる威圧感はすさまじく、僕の肌を痺(しび)れるようなピリピリとした感覚にさせる。まさに強者の放つ覇気(はき)というやつだ。これでまだ笑っているだけの余裕を見せつけられているのだから、相手をしないといけない僕としては堪(たま)らない。

さてと、どう戦うか……

現在僕は、ユリウスさんに分からないように、回復魔法に属する身体能力強化魔法を全身にかけている。これで筋力、瞬発力、さらには耐久力まで強化された状態だ。今の僕なら、ユリウスさんとまともに打ち合ったとしても、そう簡単に押されることはないはずだ。

……とりあえず、はじめは正攻法で攻めてみます、かッ！

僕は飛び込むようにユリウスさんとの間合いを詰め、剣を振る。

そして、静寂を打ち破る剣戟(けんげき)の音が、周囲に響き渡る。

さすがに止めるか。でも、今のでユリウスさんの表情が一変したな。

先ほどまでの余裕の笑みが消え、猛禽類のような鋭い目付きへと激変する。それはまさに、歴戦の戦士のみが待つ強者の目だ。

これは、今の一撃で本気にさせちゃったかな。まあだからといって負ける気はないけどね。

鍔迫り合いから互いに一旦離れ、すぐさま踏み込む。再び振り下ろされる二本の剣からは、剣戟の音とともに火花が飛ぶ。

『クラウド、この人、やっぱりそこそこやるね』

レヴィから見たら、ユリウスさんでもそこそこ止まりになっちゃうんだな。僕からしたら一流の戦士なんだけど。というか、戦闘中にほのぼのした雰囲気で話しかけないでよ。

そんな中でも、剣戟は一合ごとに激しさを増し殺気を帯びていく。それはもう試合と呼べるものでなく、まるで命を懸けた戦場の戦いのようだった。

やっぱり強い。まともにやっていたら、とてもではないが勝てる相手じゃなかったかも。でも、このままいけば僕の勝ちだ。身体能力強化の魔法に加え、魔力を体力に変換する魔法も合わせて使用している。地獄の特訓ループの際、セバスさんに散々やられた魔法だったが、実はこの魔法、僕もきっちり習得していたのだ。といっても、習得できたのはつい最近のことなんだけどね。

おかげで戦いが長引けば長引くほど、状況は僕の有利になっていく。

実際、ユリウスさんの顔にはすでに玉のような汗が流れ、疲労の色を隠せなくなってきている。

このまま一気に勝負に出る!!

身体能力強化魔法を重ねてかける。全身に魔力が巡り、体の底から力が溢れてくる。通常の魔力での身体強化とは比べものにならないほどの力の強化。

そして、恐ろしく速くそして異常に重い剣撃を放つ。

ユリウスさんの反応も速かった。迫りくる僕の剣撃を受け流すように剣を振るう。だけど僕の渾身の一撃は、その程度で受け流せるものじゃない。

――剣と剣が触れた瞬間、甲高い金属音が響き、ユリウスさんの剣は宙に舞った。

「……参った！」

鋭いレヴィの切っ先を喉元に突きつけられたユリウスさんは、両手を上げてそう言った。

その瞬間、村人たちから一斉に歓声が上がり、騎士団からは驚愕の声が漏れる。

僕の勝利が決まった瞬間だった。

◆いざエルズ村へ◆

「いやあ、参った参った。君は本当に強いな」

村の人たちや騎士団の人たちが沸き返る中、眩しい笑顔を見せて近づいてくるユリウスさん。おじさんのくせになんて爽やかなんだ。

「これでもう、騎士団には誘わないでくださいね」

一応念を押しておく。これが一番重要だしね。

「うむ。先程も言ったが騎士に二言はない。しかし、その歳でその強さ、本当にもったいない。君なら経験さえ積めば、ブリンテルト王国の将軍にすらなれる男だと思うのだがな」

騎士に二言はないとか言いつつ、未練タラタラだね。

「宮仕えは性に合わないので。ご期待に添えず申し訳ないです」

「そうか……。了解した。しかしもし気が変わったならば、いつでもブリンテルト王国のブルド・シティまで俺を訪ねてきてくれ。もちろん、それ以外にも何か困ったことがあれば頼ってもらって構わんぞ」

もし頼ろうものなら、そのままなし崩しで騎士団に入れられそうな気がするけど。とは思いつつ礼儀として「そのときはお願いします」と一応答えておく。

「おお、待っているぞ。おい！」

話の区切りがいいところで、ユリウスさんは部下を呼ぶ。すると、手のひらよりも少し大きめな革袋を持った騎士が一人やって来た。

「それが今回の約束の報酬、金貨四十枚だ。念のため、確認してくれ」

おお、ここで渡されるんだ。あらかじめ用意してあったのかな？

「ありがとうございます」

いやあ、レヴィたちに会ってから懐がすごく暖かい。鉱山で働いていた頃が嘘みたいだよ。

とはいっても、セバスさんがあれもこれもと色々用意してくれるから、ほとんど使う機会がないんだよね。

おまけに、セバスさんが用意してくれるものの方が全然質がいいし。まあそれでも、ないよりはあった方がいいんだけど。

さあ、一通り用は済んだはずだ。色々あったけど、やっとこれで旅を再開できる。

てなわけで一時間ほどの休憩のあと、村の入口でヘルゲ村長とユリウスさんに別れの挨拶をした。

「本当にもう行かれるのですな」

「はい、一応目的のある旅の途中なので」

「村に長く引き止めてしまって申し訳ありませなんだ」

「いえいえ、そんなに急いでいるわけでもないので、気にしないでください」

「そう言っていただけると少し気が楽になります。こちらに来られることがありましたら、いつでもお寄りくだされ、村一同で歓待いたしますぞ」

「ありがとうございます。きっと寄らせてもらいます。ユリウスさんも色々ありがとうございます。おかげでいい経験ができました」

「ああ、俺もだ。まあなんだ。君のほどの者に言うことではないだろうが、最近魔物が活発化している。道中気を付けてな」

「はい、ありがとうございます」

「それと、俺の騎士団はいつでも君を待っているからな」

この人、まだ諦めてないのね。

そんなユリウスさんに苦笑いをしつつ、別れの挨拶を済ませた僕はペガサスのベガに乗り、空へと駆け上がる。

久しぶりに感じる空の風はすごく気持ちがいい。天気は快晴、旅の空としては最高だろう。

『クラウド、エルズ村まで何も起きないといいねえ』

おい、人が気持ちよく飛んでいるのに、不穏なことを言わないでよ。

『何が起きてもクラウド様なら問題ございません』

『拙者もセバス殿と同意見であるな』

いつも思うけど、この二人には僕ってどう映っているんだろう。毎日僕がレヴィにボロボロにされているのを見ているはずなのに。

『コルマ村の食事はイマイチでしたので、エルズ村には美味しいものがあれば良いのですが』

クイはいつ食べたんだろうか？　武器の状態でいてもらったはずなのに……。というか、すごく失礼なことを言った気がする。コルマ村のみなさんごめんなさい。代わりに心の中で謝っておきます。

そんな感じで益体（やくたい）もない会話をしながら、空の旅は続いていく。

この蒼い空の先にいるであろう、新たな仲間や冒険に胸躍らせながら、天馬は空を駆ける。

そう、僕の旅は始まったばかりなのだから。

月が導く異世界道中
Tsukiga Michibiku Isekai Dochu
あずみ圭
Azumi Kei
1~11
8.5
シリーズ累計
45万部
突破！
薄幸系男子の
成り上がりファンタジー
開幕！
コミックス
1~2巻
好評発売中！
異世界へと召喚された平凡な高校生、深澄真。彼は女神に「顔が不細工」と罵られ、問答無用で最果ての荒野に飛ばされてしまう。人の温もりを求めて彷徨う真だが、仲間になった美女達は、元竜と元蜘蛛!?とことん不運、されどチートな真の異世界珍道中が始まった！
●各定価：本体1200円+税
●illustration：マツモトミツアキ
1~11巻 好評発売中！
漫画：木野コトラ
●各定価：本体680+税 ●B6判
薄幸系男子の
成り上がり
ファンタジー、
開幕！
なんでだろう
親の都合で
異世界へ
第5回アルファポリス
ファンタジー小説大賞
読者賞受賞作！
待望の
書籍化！
とことん不運、されどチート!!

月が導く異世界道中
Tsuki ga michibiku isekai douchu
大人気小説「月が導く異世界道中」が
2017年春、
「PCブラウザゲーム」となって登場!
新たな魔人と共に紡ぐ、
もう一つの「月導」

丸瀬浩玄（まるせこうげん）
岐阜県出身。2015年12月よりWEB小説投稿開始。2017年「僕の装備は最強だけど自由過ぎる」で念願の出版デビュー。趣味は読書とサッカー観戦。

イラスト：木塚カナタ

本書は、「小説家になろう」（http://syosetu.com/）に掲載されていたものを、加筆・改稿のうえ書籍化したものです。

僕の装備は最強だけど自由過ぎる

丸瀬浩玄（まるせこうげん）

2017年 3月 30日初版発行

編集－加藤純・太田鉄平
編集長－塙綾子
発行者－梶本雄介
発行所－株式会社アルファポリス
〒150-6005 東京都渋谷区恵比寿4-20-3 恵比寿ｶﾞｰﾃﾞﾝﾌﾟﾚｲｽﾀﾜｰ5F
TEL 03-6277-1601（営業） 03-6277-1602（編集）
URL http://www.alphapolis.co.jp/
発売元－株式会社星雲社
〒112-0005 東京都文京区水道1-3-30
TEL 03-3868-3275
装丁・本文イラスト－木塚カナタ
装丁デザイン－ansyyqdesign
印刷－中央精版印刷株式会社

価格はカバーに表示されてあります。
落丁乱丁の場合はアルファポリスまでご連絡ください。
送料は小社負担でお取り替えします。

ISBN978-4-434-23145-2 C0093